メディアワークス文庫

今夜F時、二人の君がいる駅へ。

吉月 生

目　次

一章　オリオン座が消えた日

五十嵐《いがらし》真夏《なつ》は怒っている。それも、猛烈に。

二人きりのバックルームは、真夏から発せられるただならぬ殺気が充満し、電気を含んでいるようだった。息をしただけでも感電してしまいそうだ。

「あの……、真夏、なっちゃん？」

佐野《さの》峯昴《みねすばる》は、普段は呼ばないわざとらしい愛称で、身支度を整える彼女の背中に呼びかける。……無視だ。真夏はロッカーからカバンをひっ摑《つか》むと、叩《たた》きつけるように扉を閉めて出て行く。慌ててコートを羽織りマフラーを摑《つか》みとって、昴はその後を追いかけた。

厨房《ちゆうぼう》で鍋を振るいながら店長が出てきた二人に「お疲れ」と声をかける。後輩のアルバイト店員がそれに呼応しつつ、客の前に明太子《めんたいこ》とイカのパスタを提供していた。

「あ、昴。来週クリスマスの件助かったよ。ありがとな」

店長が思い出したように出口に向かう昴の背中に投げかけた。途端、真夏が勢いよく店を飛び出した。

間違いない、やっぱりそれだ。

夜道を足早に突き進む真夏の怒りで着膨れたコートの袖を掴む。しかしその足は止まらない。昴の腕を振り払うように、真夏はガンガン足を踏み出していく。

「ちょっと待ってって！　……クリスマスの件でしょ？」

田町《たまち》駅へ向かう途中の新芝橋《しんしばばし》の上で、ようやく真夏の足が止まった。冷たい夜風に思わず身震いをして、その隙に昴は手に持ったままだったマフラーを首に巻きつけた。

「……わかってるなら、何でクリスマスにシフト入れちゃうの」

自分のブーツのつま先に問いかけるように真夏が言った。

「いや、店長に頼まれてさ、人がいないからって。だってほら、去年だって一昨年だって俺クリスマスはバイトだったし」

「でも私とクリスマスは一緒に過ごそうって約束は？　今年は絶対一緒がいいって私言ったじゃん！」

徐々に加速し、まくし立てるように真夏が語気を荒らげる。高二の冬から付き合い出して三年、今まで昴がクリスマスにバイトを入れても何も言わなかったのに急になんだよ、と言い返しそうになって、止めた。これ以上真夏の怒りの導火線に火をつけても、昴に利益はない。

「ごめん、悪かったよ」

昴は真夏の前に回り込んで謝った。それでも許すまいと黙っている真夏をどうにか言いくるめて、一旦橋の上のベンチに座らせる。近くの自販機で真夏の好きなおしるこ缶を買い、真夏に手渡し隣に腰を下ろした。

真夏はそれを飲もうとはせず、カイロ代わりにして手を温めながら、ふいに空を仰ぎ見た。真夏はよくそんな風に星空を見上げていた。彼女は大の宇宙好きで、宇宙のこととなると途端に饒舌《じょうぜつ》になるところが面白くて昴は好きだった。

午前〇時を回った一二月の空は高く澄んでいて、いくつかの瞬く星が見えた。東京の空から見える星は少ない。その中でも一目でわかる冬の星座といえば、オリオン座くらいだ。真夏が一番好きな星座でもある。

「明日、店長にやっぱり出られないって言ってみるよ」

昴は真夏の横顔に言った。

正直、今更やっぱり出られないなんて言うのは気まずかったが、とりあえず今はそう言うしかない。

ふう、と溜息《ためいき》を吐き、真夏が宇宙旅行から地上に戻ってきたようだ。おしるこを啜《すす》るように一口飲んでから、「本当に？」と白息混じりに呟《つぶや》いた。わかりやすく、口元を綻ばせながら。

　真夏は事あるごとによく怒る子だった。そしてその分すぐに許してくれる子だった。これまで幾度も喧嘩《けんか》はあったが、後に引きずるようなことはほとんどなかった。真夏も根に持つタイプではなかったし、昴も自分が悪ければすぐに謝り、どんな些《さ》細《さい》な言い争いでも真摯に向き合っていたからだ。二人はお互いがお互いを必要としていることを理解していた。ただ、それだけのことだった。

　自販機横のゴミ箱に空の缶を捨て、二人は時間を気にしながら駅へ急いだ。

　終電まであと十分。

　京浜東北線《けいひんとうほくせん》最終蒲田《かまた》行き。これが大森《おおもり》に住む昴の終電だった。品川《しながわ》に住む真夏は同じホームの向かい、山手線《やまのてせん》品川方面行き最終がその後にも来るが、いつも昴と同じ京浜東北線の電車に乗っていた。ホームに降りてくると、無意識に端っこまで歩く。立ち仕事終わりに、たとえ数駅であっても座って帰りたいと思う本能がそうさせているのだと思う。

　一両目が止まるホームドア付近に、誰かの嘔吐《おうと》物がぶちまけられていた。

「げー、最悪」

真夏が顔をしかめて昴のコートの裾を引っ張る。仕方なく、二人は二両目の前で電車を待つことにした。到着まであと三分。

ふと気づくと、すぐそばにメガネの男が一人立っていた。二十代くらいだろうか。髪はボサボサで野暮ったく、メガネだけが特徴というようなパッとしない印象。気になったのは、彼がやたらと大きな革のボストンバッグを抱えながら、腕時計で何度も時間を気にしていたことだ。

「ねえ、聞いてる？」

ハッとして隣を見ると、真夏がまた不満げに顔をむくれさせている。

ごめん、何？　と聞き返す。真夏は例の如《ごと》くすぐに機嫌を直して、「クリスマスどこか行きたい？」と言った。

「あと一週間しかないでしょ？　今からお店予約とかしてもいい所は埋まっちゃってると思うの。だから今年は私の家でホームパーティってことでどう？　二人で料理とか作ってさ。本来クリスマスってそういうイベントらしいよ」

ホームに最終電車到着のアナウンスが響き始める。

「うん、じゃあそれでいいんじゃない？　今年のクリスマスは母さん一人らしいから俺の家だとめんどくさいし」

昴は電車の来る方向に目を向けながら言った。線路の向こうから青いラインの電車がホームに流れ込んでくる。

「えー昴のお母さん、また彼氏と別れちゃったの？」

「どうやらそうらしい。ここんとこ、いつも家にいるからさ」

目の前に電車が止まり、ドアが開くと降りる人を待って中に入る。

入るなり二人は顔を見合わせた。一人の酔っ払った中年男が優先席に横たわり、大音量でイビキをかきながら眠っていたからだ。

そのせいか二両目の乗客はその酔っ払いと、そこからだいぶ離れて座る少し派手めな女性、その向かいにフードを被《かぶ》ってスマホを弄《いじ》っている男、さらにさっきのメガネの男、そして昴たちだけだった。あの騒音では無理もない。

二人も酔っ払いから距離をとり、ドアのすぐ横の席に並んで座った。尻が温かな座席シートに包まれる。冬の電車のシートはどうしてこうも心地いいのだろう。酔っ払いがつい横たわって寝てしまう気持ちもわからなくはない。

「クリスマス、本当に大丈夫なんだよね？」と念押しするように真夏が言った。

正直、真夏がこんなにクリスマスにこだわるタイプだとは思っていなかった。いや、少なくとも去年までそんなキャラではなかった。そもそも去年のクリスマスは彼女も一緒になってバイトに出ていたくらいだ。

「てかさ、真夏も一緒にバイト出ればよくない？　暇なら」

言ってから、しまったと思ったが、もう遅かった。

「暇なら？」と言葉尻を捕まえて真夏は目を細めた。せっかく機嫌を直したばかりだというのに昴は慌てて首を横に振った。

「いや、そういうつもりじゃなくて、ほら俺もまだ交渉してないから絶対休めるかわからないし、真夏と一緒にいられるならバイトでも俺は嬉《うれ》しいなって……」

言い切るより先に真夏は素早く席から立ち上がり、ドアが閉まるアナウンスと共にホームへ飛び出した。反射的に立ち上がり彼女をドアまで追う。

「ちょ、待って……」

「ばか！」

ホームでくるりと向き直った真夏が目を潤ませながら、また暴言を吐き捨てる。響きわたるベルの中、これが終電だということが一瞬頭にちらついた。その隙に無情にも目の前でドアが閉じられる。昴は咄嗟《とっさ》にドアに手を押し付けた。

真夏はドア越しの昴をじっと睨《にら》みつけていた。この鉄の塊を前に打つ手はもう何もない。

電車がゆるゆると動き出す。向かいのホームの電光掲示板に彼女が乗る山手線品川行き最終の時間が表示されていた。

「気をつけて帰れよ！」と昴は慌てて言った。真夏に聞こえていたかはわからない。ただ、彼女は泣きそうな顔のまま昴を見つめ、唇を噛《か》み締《し》めていた。

彼女をホームに残したまま、電車が徐々にスピードを増していく。振り返ると、メガネの男と目が合った。どうやら一部始終を見られてしまっていたらしい。昴は恥ずかしくなって再びドアの外に視線を戻し、そのまま立っていることにした。ポケットからスマホを取り出し、とりあえず真夏に連絡を入れることにする。

こんな喧嘩は今までにも何度かあった。だから実際にはそこまで焦っていたわけではない。こんなことで別れてしまう関係ではないことは自負していたし、これは多分、過信ではない。昴と真夏は大げさではなく、二人でひとつだった。初めて出会った時からきっとそうだった。

と突然、甲高い金属の擦れ合う音と共に急ブレーキがかかり、後ろへ倒れかけた不《ぶ》恰好《かっこう》な体勢のまま、なぜかピクリとも動けなくなった。まるで体を前後から強く引っ張られているみたいに。車内の電気が激しく点滅し、同時に奇妙な音が車内に響きわたる。低く唸《うな》るような音が波のように二重に重なり合って聞こえてきた。

乗り合わせた女性の小さな悲鳴も耳に届く。その声は後ろから聞こえた気がした。けれど彼女の姿はなぜか昴の前に見えて、その後ろにマフラーを巻いた男の後ろ姿が見えた。酔っ払いではないし、フードの男でもない、メガネの男でもない。

……あれは自分だ。昴自身の後ろ姿だ。

そうわかった瞬間、ふっと引っ張られていた力が消え、昴は背中から電車の床に思い切り叩きつけられた。

※※

「痛ってぇ……」

暗闇の中、誰かの声が聞こえた。何が起きたのかわからず、ぼんやりと床に倒れこんでいた昴はその声でようやく我に返った。慌てて体を起き上がらせる。体を支えようとついた手にチクリと痛みが走った。手のひらを見てみると、ガラスの破片のようなものが刺さっていた。他に背中と後頭部を打っていて痛みがあったが、とりあえず生きてはいるようだ。電気の消えた薄暗い車内の中で辺りを見回してみる。優先席で寝ていた酔っ払いが床にあぐらをかきながら頭をぼりぼりと掻《か》いていた。どうやら彼はまだ寝ぼけているらしい。

女性が膝を震わせながら摑まり立ちしているのも見える。その手前でメガネの男がボストンバッグを抱えたまま、ガラスの砕けた窓の外を眺めていた。床一面、そして昴の体の上にまで砕け散った窓ガラスの破片が飛び散っていることに気づく。

「どうなってんの、これ」

さっきと同じ声が聞こえて振り返ると、フードの男が車両の連結部分を覗《のぞ》き込《こ》んでいた。そこに女性がよたよたと近づき、口を両手で覆う。

「隣の車両は、どこにいっちゃったの……？」

言葉の意味がわからず立ち上がり、ジャリジャリとガラス片を踏みしめながら昴も二人のもとに歩み寄る。

後ろから覗き込んでみると一両目があったはずの連結の先は、もう外界だった。まるで引きちぎられたみたいにボロボロになった連結部分は、まだチリチリと一部火花が散っている。

「うーわ、これは結構やばいねぇ、もしかしたら爆発するかもしれない」

フードの男は、淡々とした口調だったが、それを聞いた女性が顔面蒼白《そうはく》になる。昴は思わず生唾をゴクリと飲み込んだ。

「ここ、ドア少し開いてます」

振り返ると、メガネの男が奥のドア付近を指差していた。フードの男は身軽なステップでそこまで駆け寄り、少しだけ開いていたドアに触れる。

「熱っ！」

こりゃ無理だわ、とフードの男は腕を引っ込め他に出られる所がないかと車内を隈《くま》なく見渡した。

ドアの外は、駅のホームだった。田町から乗ったのだから、品川までは何とか到着したのかもしれない。何が起きたのかはまだ把握出来ていなかったが、とりあえず安《あん》堵《ど》する。

フードの男はシートの上に立ち上がり、割れたガラスの窓から外を覗く。

「ねえそこの君さ、こっからホームドア跨《また》いで外に出れる？」

フードの男と目が合い、昴もシートに上った。外はホームだから、窓から飛び降りることは容易に思えた。とはいえ電車の窓から外に飛び降りた経験などない。一瞬戸惑ったが、ここにいてもどうしようもないどころか、爆発の危険さえある。昴は言われるまま、思い切って窓からホームに飛び降りた。

出て、驚いた。乗っていたはずの電車は、昴たちが乗り合わせていた二両目だけを残して全て消え去っていたのだ。それだけではない。昴たちが乗っていた二両目部分は、まるで焼け野原をくぐってきたかのように外装が丸焦げになっていて、無事だったのが奇跡のように思えた。爆発か、テロか、事故か。様々な可能性を推測しただけで身震いが止まらなくなる。まさか自分がこんなことに巻き込まれるとは夢にも思っていなかった。

フードの男の指示で、女性の体を中と外から支えてホームに引きずり下ろし、続けてメガネの男が抱えていたボストンバッグを外から一度預かる。想像以上にずっしりと重く、何やら固い感触があった。メガネの男は飛び降りるなり、すぐに礼を言って昴からボストンバッグを引き取った。

「そこのおっちゃん、んなとこ座ってねーで、出ないとやばいよ」

フードの男の呼びかけにも、酔っ払いは相変わらずぼんやりと座ったままだ。彼以外の全員が脱出したのを確認し、フードの男は仕方なく酔っ払いを背負いこみ、そのまま窓から華麗にホームに降り立った。

「ねえ……ここって、」

酔っ払いを背から下ろすフードの男の横で、女性が声を震わせながら呟く。その視線の先を追って、昴は目を疑った。

「……高輪《たかなわ》ゲートウェイ駅？」

ホームに大きく掲げられた駅名標にそう記されていた。見上げてみると、ホームは高く吹き抜けになっており、屋根のはりには真新しい木材が使われ、折り紙を波状に折ったような形をしていた。もちろん初めて見る光景だ。意味がわからなかった。田町と品川の間に新しく開業されるその駅は、まだ開通されていないはずだ。工事中の駅の上に降り立ってしまったのだろうか。だが開通前とは思えないような雰囲気が漂っていた。

向こうから血相を変えた二人の駅員らしき男が駆けつけてきて、目を丸くして立ち尽くした。彼らもまた何が起きたのか把握出来ていない様子だ。その時、そこにいた全員が奇妙な沈黙を共有していた。

「とりあえず事務室の方へ」

この数分の出来事をうろたえながら語る女性の証言で、駅員は対応の手順を思い出したらしい。

途中、ロボットが駅を掃除して回っているのを見かけて思わず目を奪われつつ、事務室に案内されると名簿を渡され、大人しくそれぞれの名前、住所、連絡先を記入した。

「あれ？」

異変に気づいた女性の一言に視線を巡らせると、フードの男だけがいつの間にかいなくなっていた。トイレにでも行ったのだろうか。しかしそれどころではない混乱を前にさして気に留《と》めることもなかった。

それよりも真夏のことが気になっていた昴は、かろうじて無事だったスマホの画面を叩いた。が、電源が入らない。充電が切れてしまっていたらしい。

真夏は無事だろうか。自分のようにこの事故に巻き込まれていたりしないだろうか。事務室のソファに並んで腰掛ける残りの三人も、心ここにあらずだ。ここにいてもきっと何も解決しないだろう。

駅員が外に出た隙をみて、昴は一人事務室を出た。

事務室の時計は午前一時を指していた。とにかくタクシーを捕まえて一度家に戻りスマホを復活させて真夏に連絡を入れるのが最優先だ。

終電の時間を過ぎ、出口は全てシャッターが下りている。仕方なくホームから線路に降り、そこからフェンスをよじ登って外へ出ることに成功した。

冬だというのに妙に暑苦しい。昴はタクシーを探しながら、マフラーやコートを脱ぐ。下に着ていたニットさえ脱いでしまいたい暑さだった。

駅前まで出た昴はまた愕然《がくぜん》とした。今まで見たことのない巨大高層ビル群が目の前に広がっていたのだ。確か高輪ゲートウェイ駅前はつい最近まで周辺一体が全面工事中になっていて、完全に出来上がるのは二〇二四年のはずだ。けれど、囲われていたアドフラットはどこもかしこも取り払われ、駅ビルにはこの時間にも所々灯がともり、完璧に機能する街がそこにはあった。

何かがおかしい。

街を歩く人々の服装も妙だ。皆揃《そろ》って半袖、中にはノースリーブ姿の人までいる。あんなに寒かったというのにまるでおかしいのは昴の方だとでも言いたげに、ニット姿の昴を横目で一瞥《いちべつ》してノースリーブの女性が通り過ぎていく。

次に通りかかったタクシーを昴は慌てて止めた。クーラーの効いた車内で実家の住所を伝えて発進してもらう。大森までの街並みはあまり変わりなく、少しだけほっとする。

家のアパートの前にタクシーを止めてもらい、一万円札を差し出す。三千円弱のタクシー代は二十歳の昴にはまだ痛い出費だったが、今日ばかりは仕方がない。急《せ》かすように手を差し出し運転手の男から受け取ったおつりに、何か違和感があった。いつもならろくに確認もしないが、思わず手の中のそれをまじまじと眺める。そこには慣れ親しんだ野口英世《のぐちひでよ》と樋口一葉《ひぐちいちよう》の顔はなく、見知らぬ男女の顔が印刷されていた。

「あれ、お兄さん、もしかして新札初めて？」

昴の様子を見て、妙に嬉しそうに運転手が言った。

「これって……、偽札ですか？」

「あはは、やめてよ人を犯罪者みたいに。新札だよ、新札。今年から切り替わったってニュース見てないの？　散々やってたのに」

「新札？」

「大丈夫、ちゃんと使えるから。それよりお兄さん少しはニュース見た方がいいよ。さすがに偽札だなんて言ってきたのは初めてだもの」

新札に切り替わることを知らなかったわけではない。ただ、それはもっと先のはずだ。疑念を抱きながらも、急いでいた昴は仕方なく見知らぬ男と女を財布にしまってタクシーを降りた。

アパートの階段を上がって、ドアノブをひねると鍵を刺す前にドアが開いた。

リビングに入ると、まだ起きていた母親が昴を見るなり手に持っていたマグカップを床に落とした。足元で見事に砕けて割れる。

「……あんた、今までどこに、」

真っ青な顔をして、まるで幽霊でも見るように母親は昴のことを凝視している。昴は眉間にシワを寄せた。昨日だって顔を合わせたし、どちらかと言えば、彼氏が出来るたびに平気で家を空けるのは母親の方だった。

「どこにって、バイトだよ。てか、そんなことより充電……」

「だって、あんた……もう五年も行方不明になってたのよ」

リビングにあった充電器に伸ばしかけた手が止まった。

どういうことかと振り返った次の瞬間、昴は母親に抱きしめられていた。母親はなぜか泣いていて、それがさらに昴の混乱を深めた。

「ちょ、ねえ、苦しい。五年ってなに？　どういうこと？」

恥ずかしさもあいまって母親の腕を引き剝がしながら昴は尋ねた。

「あんた電車に乗ったまま、行方不明になって……」

「……は？」

すると母親は棚の引き出しから一部の新聞を取り出して昴に手渡した。

その新聞は二〇一九年一二月一九日発行の、今日の夕刊だ。

まだ午前二時。今日は始まったばかりだというのに、今日の夕刊が手元にあるのはどういうことだろう。

度重なる違和感の数々に、昴は頭を抱えた。

新聞の表面にはテレビの番組表が載っており、次のページを開いてみると、一面に大々的に取り上げられている記事があった。

〝消えた！　京浜東北線最終電車二両目が行方不明に〟

〝ベテルギウス超新星爆発との関連性を調査〟

「行方不明……ベテルギウス……？　何だよ、これ」

新聞を開く手が震えていた。まるで自分のものではないみたいに。

「今までどこにいたの……？」

「どこって、普通に電車に乗って、それで着いたらここに」

「そんなはずないでしょう！　五年間もいなかったんだから」

「五年って、さっきから何なんだよ。……てか、そうだ。スマホ」

昴はリビングにあったスマホの充電器を自身のスマホに差し込んだ。

電源が復活する。

パスワードを打ち込み、開いた画面の日付を見て昴は息を飲んだ。

二〇二四年八月一〇日二時一二分。

「嘘《うそ》だろ……」

理解出来ないまま、昴は震える指で着信履歴から真夏の番号を選び、発信ボタンを押すが圏外で使えない。

「母さん、ちょっとスマホ貸して、とりあえず真夏に連絡取らないと。こんなの絶対心配してるに決まってる」

自分の身に何が起きたかもわからないまま、手を伸ばして母親にスマホを催促する。真夏と母親は今まで何度か会ったことがある。母親は真夏のことを気に入っていたし、真夏も母親の奔放さには初めこそ驚いていたものの、連絡先を交換するまでの仲になっていた。

ところが母親は黙り込み、なぜか俯《うつむ》いたまま動かない。

「何？　どうしたの？……真夏から連絡は？」

どこを弄っても圏外のままのスマホに苛立《いらだ》ちながら、昴は母親に声をかけた。

再び鼻をすすり上げながら、母親は今まで聞いたことのないような弱々しい声で言った。

「真夏ちゃん……、亡くなったのよ。四年前の夏に」

＊

飲み過ぎた。牧勇作《まきゆうさく》は自分が今、警察署にいる理由をそう捉えていた。

大宮《おおみや》で大学時代、航空部で知り合った二十年来の親友と飲んでいて、そこから京浜東北線に乗り、自宅のある上野《うえの》まで帰る途中だった。けれど目が覚めた時、勇作は高輪ゲートウェイという聞き慣れぬ駅に降り立っていた。どこまで乗り過ごしたのかもわからない駅名だった。

どうやらトラブルがあったらしい。薄《う》っすらと記憶にあるのだが、よく覚えていない。とにかく意識がはっきりした時にはすでに、勇作とそれから若い男女の三人で警察署まで連れてこられていたのだ。

部屋の中はクーラーが効いていた。それでも暑かった。勇作の額には汗が吹き出し、着ていたダウンジャケットを脱いでニットも脱ぐ。シャツ一枚でちょうどよかった。

だが、そこで聞かされたのは信じられない内容だった。警察は真面目くさった顔をして、こう言ってきた。

「今日は二〇二四年八月一〇日です。貴方《あなた》たちは、二〇一九年一二月一八日より行方不明者とされていた方々である可能性があります」

その表情とは裏腹に、あまりにもふざけた内容に勇作は開いた口が塞がらなかった。

そんな勇作たちの前に警察はその証拠とされる品々を差し出してきた。

明日二〇一九年一二月一九日付の夕刊、そして今日のものだと出された五年後の新聞、さらにテレビニュース、警察官のスマホによる日時確認。嘘にしてはあまりにも大掛かり過ぎた。

勇作は老眼に目をこすりながら、明日の新聞の一面記事を食い入るように見やった。

「貴方たちは二〇一九年一二月一八日、京浜東北線最終電車、蒲田行き二両目に乗り合わせていた乗客だと思われます。あの日、線路上で突如貴方たちが乗っていた二両目だけが忽然《こつぜん》と姿を消しました。憶測はいくつも飛び交っておりますが、原因は未《いま》だ不明。それから今日まで貴方たちは行方不明者として捜索されています。そして、今に至るというわけです」

話が曖昧すぎて一体なんの話をしているのか、さっぱり理解出来なかった。

「消えたってどういうことですか……？」

勇作の隣で青い顔をした若い女が、膝の上に乗せていたコートの裾を握りしめながら尋ねた。

「我々にもわかりません。当時周辺で大規模な電波障害が起きていて、鉄道会社および近隣に設置された防犯カメラの映像もほとんど解析出来ませんでした。該当車両の運転手の証言では、田町から品川間の線路上が突然、蜃気楼《しんきろう》のように歪《ゆが》み、急ブレーキをかけたところ、破裂音と共に車体が突風に吹き飛ばされた。慌てて振り返ると二両目との連結部が引きちぎられていて、すでに蜃気楼も第二車両も消えていたそうです。それは他の乗客らの証言からも一致しました。幸い一両目、三両目以降に乗っていた乗客に死者、重傷者は出ませんでした」

「ちょっと待ってくれよ、まさか俺たちは死んだって思われてるってことか？」

いよいよ冗談では済まされない。理解不能な話を延々と続ける警察に苛立ち、勇作は右足を激しく揺さぶりながら言った。

「いえ、あくまで行方不明という扱いでした。ただ、今日貴方たちが姿を現すまで捜索のしようがなかったというのは否めません」

「一体なんなんだよ、このザマは。責任者は誰だ！　まともな話が出来るやつを連れてこい！」

勇作は椅子から前のめりになり、声を荒らげて警官を睨みつける。

「落ち着いてください、我々もまだ状況把握が出来ていません。とにかく、連絡の付いたご家族様にはすでにご報告済みです。お迎えがある方に関しては、これから確認のため身元引き受けにいらしていただきますので、その間今日まで何があったのか全てお話しいただけますか？」

そう言われても、勇作はただ本当に寝ていただけだった。それ以上でもそれ以下でもない。少し眠るだけのつもりが気づくと五年も経《た》っていた。それが勇作の真実だった。

明け方、勇作を迎えにきた妻の依子《よりこ》は、勇作を見るなり息を飲んだ。けれど驚いたのは勇作も同じだった。昨日の昼間、家を出た時の依子とは随分印象が変わっていたからだ。後ろで結んでいた髪は短く整えられ、控えめながらもきちんと化粧を施していて、結婚して二十年、依子がかかとの高い靴を履いているのを見たのも初めてだった。今まで見せられたどんな証拠よりも、よっぽど自分の知らない時の流れを実感した。

五年という長い飲み会から、ようやく自宅に戻ってこられたのは昼過ぎだった。警察署の前には報道陣が殺到し、なかなか外に出られなかったのだ。

「なんだかわからんが、ひどい目にあった」

勇作が代表を務めている小さな金属加工工場「牧ソリューション株式会社」の名前が入った車を降りながら、思わず苦笑いが漏れた。自宅に着くまでの間、勇作からこれまでの経緯を聞いた依子は、そうね、とだけ相槌《あいづち》を打った。

家の中は相変わらず綺麗《きれい》に片付いていた。もし家に残されたのが勇作の方だったらこうはなっていなかっただろう。

依子は家に着くなり、勇作のためにグラスに麦茶を注いでテーブルに置いた。勇作は礼を言うでもなく、椅子の上に踏ん反り返り、それを飲む。夏になると依子はいつもこれを冷蔵庫の中に常備していた。勇作が好きな麦茶メーカーのものだ。

「工場はどうなってるんだ？　まさか俺がいない間に倒産なんかに追い込まれちゃいないよな」

冗談のつもりで尋ねた勇作に「そのことなんですけど、」と依子はキッチンでテキパキと手を動かしながら口を開いた。どうやら昼飯を作るつもりらしい。

「あなたがいなくなった後、DN重工の子会社になりました」

DN重工は、日本を代表する機械メーカーだ。その子会社になるなどとは寝耳に水で、勇作は耳を疑った。

「ど、どういうことだそれは⁉」

「仕方ないでしょう。あなたが突然いなくなって、取引先も次々に離れてしまって経営も火の車状態だったんです。そんな時、DN重工がうちの工場の技術を高く買ってくださったんです。そのおかげで今は業績も右肩上がりですし、社員たちも変わりなく頑張ってくれています」

「あれは俺の工場だぞ!? なんでそんな勝手な、」

「社員たちにも生活があるんです。それに、あの工場は社員一人ひとりのものです。帰ってくるかもわからないあなたのプライドのために、皆の安定を捨てるわけにはいかなかったんです」

依子は早口に言いながら、鍋を火にかける。

「そんなの、俺は聞いてない！」

「聞いてないもなにも、いなかったのはあなたでしょう。倒産せずにいただけありがたいと思ってください。もう昔の〝牧ソリューション株式会社〟ではないんです」

予想もしない事態に戸惑い言葉を失った。

「それより優季《ゆうき》のことなんですけど、」

勇作の心など御構いなしに、依子は続けて口を開いた。次はなんだ、と思わず身構える。

優季とは、勇作と依子の間に生まれた一人娘で、十九歳の大学生だ。

しかしここが未来なのだとすれば、優季はもう二十四歳のはず——。一人娘が知らぬ間に成年に達し社会人になっているのは不思議なものだった。

とりあえず会社のことは一度、考えないことにした。考え出すと腹わたが煮えくり返ってしまいそうだからだ。

気を取り直して、勇作は残った麦茶を飲み干してから尋ねた。

「優季は今何してるんだ。仕事は？」

「いえ、今は働いていません」

勇作は思わず依子の方を振り返った。

「働かないで何してんだ？」

「今年の春、結婚したんですよ、あの子。それで、今は妊娠三ヶ月」

「なっ⁉」

反射的に立ち上がった勇作は物凄《ものすご》い形相で依子を睨みつけた。依子はキッチンで平然と鍋に目を向けている。

「なんだそれは！　聞いてないぞ！」

だからあなたがいなかったんでしょう。もっともな言葉がキッチンにいる依子から戻ってきた。ダイニングにケチャップソースの匂いが漂ってくる。勇作の好物であるナポリタンを作っているらしい。

「なぜ、俺が帰ってくるまで反対しなかったんだ！　相手はどこのどいつだ！」

「大学時代の先輩ですって。いつ帰ってくるかもわからないあなたのために、わざわざ婚期逃させてどうするんです」

今度ばかりは抑えていた怒りを飲み込めなかった。

「知るか！　俺はなぁ、そんなどこの馬の骨ともわからんやつに娘をやった覚えはない！　妊娠だと！　娘を傷物にしやがって」

「そんな言い方は止《よ》してください。すごく礼儀の正しい、いい子ですよ。優季のことも大切にしてくれています」

ふざけるな！　勇作は唾を撒《ま》き散《ち》らしながらまた怒鳴り上げた。

「お前もお前だ！　俺がいない間に妙に色気づきやがって！　まさか他に男でも出来たんじゃなかろうな」

興奮する勇作に対し、依子はいたって冷静だった。

「そんな人いませんよ、そんな暇もありません」

その口調は呆《あき》れたように冷ややかだった。

「どうだかな、俺が五年も不在にしていたんだ。ここぞとばかりに羽でも伸ばしていたんだろう」

勇作は苛立ちながら椅子に座り直し、激しく膝を揺すぶった。

キッチンからカチャン、とコンロの火を消す音が聞こえた。今は食事するような気分ではない。目の前に皿を出されたら、間違いなく払いのけて床にひっくり返してしまうだろう。

ところが、キッチンから出てきた依子の手に皿はなかった。代わりに依子はリビングの桐《きり》タンスの引き出しを開け、中から取り出したものを勇作の前にするりと差し出した。

一枚の紙だった。怪訝に眉を顰《ひそ》めて見る。

「……離婚してください」

そう言われて、それが離婚届であることに気づいた。記入欄にはすでに依子の署名、捺印《なついん》が済んでいる。依子は顔色ひとつ変えなかった。

「ま、待て。なんだよこれ……」

「あなたがこの家を出て行かないのであれば、私が出て行きますから」

「お前……、まさか本当に男が……？」

「違いますよ。疑うなら探偵でも何でもつけてください。ただ、もうあなたと生きていくのに疲れたんです。工場の仕事もこれまであなたの代わりに代表を請け負ってきましたけど、あなたが私に手を出すなと言うのなら辞めますから」

呆気《あっけ》にとられた勇作は、返す言葉が見つからなかった。

依子の表情は凛《りん》としていて、まるでこの日を待ちわびていたかのように見えた。勇作はこの空白の五年という間に、何もかもが変わり果ててしまったことを改めて痛感した。

＊

島倉瞳《しまくらひとみ》が家に帰ると、田中元春《たなかもとはる》が知らない女と子供と一緒に暮らしていた。

「瞳、……何でいるの？」

それが五年ぶりに再会した彼氏、元春の第一声だった。

ただし、瞳からしてみれば昨日ぶりの再会になる。

瞳が派遣社員として勤務する銀座《ぎんざ》のアパレル販売店は、普段午後十時まで営業している。そこから店閉め、レジ締め、品出し、日報、ディスプレイの変更など作業を済ませると、帰宅が終電になることはザラだった。残業ゼロをうたう瞳の店ではそのほとんどがサービス残業になる。だからと言って途中で投げ出せば、結局朝番がその後始末をさせられる。実際、ディスプレイ変更や品出しを翌日に回すスタッフも多かったが、瞳はどうしても中途半端に投げ出すことが出来なかった。これは瞳の性格だ。頼られれば断れないくせに、頼ることも出来ない。それでも静岡の田舎町から上京し、憧れの銀座で働けることをモチベーションに、日々自身を奮い立たせていた。

その日も瞳は、半日以上高いヒールでの立ち仕事を終え、フラフラになりながら、蒲田の自宅まで直通で帰ることの出来る有楽町《ゆうらくちょう》駅から京浜東北線最終蒲田行きに乗り込んだ。優先席で倒れこんで寝ている酔っ払いを横目で軽蔑しつつ、少し離れたシートに腰を下ろす。ほっと溜息が出た。ヒールに押し込まれた圧迫と寒さに感覚を失っていたつま先が少しずつ感覚を取り戻していく。

レザーの手袋を外し、同棲《どうせい》している元春に帰宅LINEを入れる。

元春とは四年前、前勤務先のアパレル店で知り合った。元春はアルバイトで、瞳は派遣社員。当時二十歳の元春は四歳年下だった。瞳の契約期間が終了したのをきっかけに、自然な形で交際に発展した。初めは各々一人暮らしをしていたが、蒲田にいた元春がたびたび家賃を払えなくなり、立て替えを繰り返すうちになぜか瞳の方が家を解約し、元春の家で一緒に暮らし始めた。元春が蒲田の家を気に入っていて離れたくないと言ったのだ。それからの家賃は完全に瞳が負担するようになった。けれど元々の自宅の家賃より安かったし、瞳が年上なこともあり、そのことに文句は一切なかった。それよりも疲れて帰ってきた家に、自分を待っている人がいるということが、瞳にとって何よりの幸せに思えた。

異変が起きたのは、電車が田町駅を通過してすぐのことだった。突然のブレーキに体はシートから投げ出され、何が起きたのかもわからず無抵抗なまま、瞳は五年後の高輪ゲートウェイ駅にやってきた。

警察署に静岡で暮らす母親がわざわざ迎えに来てくれたが、寄りたいところがあるからと、元春と暮らす蒲田のアパートに戻ってきた。

ほとんど命からがら帰還した彼女に対し、

「本当今は困るから……、また連絡する、まじごめん」

元春はそう言って、瞳を玄関先に残したままドアを閉めたのだった。

隔てているのは薄いドア一枚のはずなのに、まるで結界を張られ締め出されたみたいだ。何が起きているのか全くわからない。昨日の朝、いつも通りまだ寝ていた元春より先に家を出た。なぜ一夜にしてこんなにも世界が変わってしまったのか。

元春の雰囲気も、随分変わったように見えた。ろくに働きもせず瞳に頼りきりだった彼が、一夜にして父親にでもなったみたいに。後ろにいた子供は元春の子なのだろうか。涙も出ない。悲しさが現実に追いついてこないのだ。瞳はこれが夢であると信じることにした。一度眠ればきっと、全て元通りになるはずだ、と。

けれどスマホは元春に最後の帰宅連絡をして以来、圏外になってしまって使えず、誰に連絡することも出来ない。眠るにも、今の瞳に残された選択肢は、実家に戻ることしかなかった。

今朝東京まで来てくれた母親と共に静岡の実家に帰宅した頃には、辺りはもうすっかり日が暮れていた。

帰宅中の車内で、長期間行方不明だった瞳は、すでに仕事も退職扱いになっていることを知った。昨日まで朝番の分の仕事まで請け負って頑張っていたというのに、気づけば無職だ。もう言葉も出なかった。

車から降りると、家の前に何やら多くの人影があった。こんな田舎でありえない光景に何かと思っていたら、集団が瞳めがけて駆け寄ってくる。

「島倉瞳さんですよね⁉　テレビ報道の者ですが、今まで一体どこに行っていたのでしょうか!?　タイムトラベルしていたのではないか、などと憶測もありますが真相は!?　他の乗客の方の安否を教えてください！」

突然マイクを向けられ、激しく焚《た》かれるフラッシュに思わず顔を背けた。無数のマイクに瞳が戸惑っていると、母親が腕を引いて家の中に連れ込んでくれた。

「マスコミさね。あんたがいなくなった時もしばらくこんな騒ぎで、ご近所さんにもえれぇ迷惑かけて」

母親は妙に慣れた様子で家中のカーテンを締め切った。瞳が乗っていた電車の事故は、警察で見せられた新聞の一面通り、大々的に報道されているらしい。警察署を出る時も、どこから嗅ぎつけてきたのか沢山の報道陣でごった返していた。

テレビをつけると、瞳たちが乗っていた電車の映像が繰り返し流れていた。

【神隠しから五年ぶりの帰還】などと題した特別報道番組までやっている。これが全て自分の身に起きたことだとはどうしても思えなかった。

彼氏も失い、仕事も失った。これほどの無気力を感じたのは初めてだ。

ついに疲れ果て、瞳は仏間でぐったりと倒れこんだ。畳の青臭い匂いが鼻を掠める。

「本当に運のない子やね、あんたは」

倒れたまま動けずにいる瞳に、母親は容赦無く言った。

「だから東京にゃあ行くなって言ったんだ。こっちで大人しく見合いでもして結婚しとけばこうはならんかった」

瞳は母親のことが人として苦手だった。昔からこうして瞳の行動の全てを否定してくる。瞳が褒められても、そんなことないと謙遜で否定し、失敗すればほれ見たことかと鬼の首をとったような言い草をする。母親はきっと無自覚なのだろう。娘を心配するあまりに、自分が出来ないことを、娘も出来ないと決めてかかっている。失敗しない人生こそが、娘の幸せだと思っている。けれどそれは、自分の存在を全て否定されているみたいで、いつも息苦しかった。

だから瞳は、高校卒業と同時に実家を出て、東京で暮らし始めたのだ。身なりにはいつも人一倍気を使った。常に人目を気にし、少しでも人によく思われたかった。綺麗ね、と褒められたかった。今までずっと否定され続けた瞳はいつしか、人に褒められること、頼られることでしか自分の存在価値を見出《みいだ》せない人間になってしまっていた。

「今日はここに泊めてもらうけど、明日にはとりあえずマンスリーマンションでも借りて東京戻るよ」

畳に額を擦《こす》り付《つ》けながら、瞳はかろうじて抵抗した。

「何言ってんのさ。仕事もないくせに。なんや言うてた彼氏とも結局ダメになってたんだろ？　どうせまともな男やなかったんやし。あんたがいなくなった後、挨拶もなしにあんたの荷物、こっちに直接よこさんで警察通してきた時からしょうもない男やと思ってたわ」

今一番触れられたくない場所を、わざわざ選んで突かれている気分だった。母親は心の傷口を塩漬けにしようとでもしているのだろうか。だが逃れようとすればするほど追い込まれた。

「貯金はちゃんとしてたから。すぐまた仕事も見つけるよ」

返事も面倒で独り言のように呟いてみたが、母親はまたしても露骨に溜息をついた。

「なぁしてあんたは、自分のことを過大評価ばっかかして。だから嫁にももらってもらえんのよ」

こんなところに居たらその前に頭がおかしくなりそうだ。瞳は黙って起き上がり白室に逃げ込んだ。憂さ晴らしのようにバッグをベッドに投げつけ、そのまま閉めたドアの前に蹲《うずくま》り膝を抱えた。

瞳にとってここに来たのは、二〇一九年の正月以来だった。いつ帰ってきてもいいようにと、実家の瞳の部屋は綺麗に整頓されていた。それが余計に瞳の反発心に火をつけた。絶対に帰ってきてたまるか。もし戻れば母親はまた、「ほれ見たことか」と自分の正しさを押し付けてくるに違いないのだ。

部屋の片隅に、段ボールが五つ積み重ねられて置いてあった。嫌な予感がしながらも、瞳はその段ボールに手を伸ばす。中には元春と暮らしていたアパートに置いていたはずの瞳の私物が詰め込まれていた。昔テーマパークで撮った二人の写真。玄関に飾っていたその写真が嫌味のように段ボールの一番上に置かれていた。

不要になったのなら、勝手に処分してくれればいいのだ。これを見なければ、彼が今でも大事にその写真を手元に残してくれているかもしれないと、ささやかな幻想を抱くことも出来たのに。

けれどそんな幻想はその名の通り幻で、もうあの家にあった私の面影は全て取り払われてしまったのだろう。

写真を握りつぶしてしまおうかと思ったが、結局それすら出来ずにバッグの中にしまった。

これが全て夢であってほしいという微《かす》かな望みを、瞳は未だ捨てきることが出来なかった。

＊

「確かに受け取りました！」

爽やかで清潔感のある若い男が、夜の閑静な住宅街の玄関先で老婦人から分厚い茶封筒を受け取っていた。

「弁護士さん、本当に息子は大丈夫なんでしょうか？」

「はい、とりあえずこちら示談金ということで被害者の方とは上手《うま》く交渉しますのでご安心ください」

「そうですか……頼みます、どうかあの子を助けてやってください！」

老婦人がすがるように男に泣きついている。その肩を優しく抱き上げ、後は任せてください、と男は心強い言葉を投げかけた。

穂川真太郎《ほかわしんたろう》は、その一部始終を通りの角から見守り、男が家を離れて歩き出すのを見計らって通りに出た。男は懐に茶封筒をしまいながら上機嫌に歩いてくる。そしてすれ違いざま、真太郎と肩がぶつかった。男が怪訝に真太郎の方を振り返る。

真太郎は胸の前で片手を立てて、「ごめんなさい」と謝る。男は軽く舌打ちをして、そのまま真太郎に背を向けて歩き去って行った。

それを見届けて、真太郎も何食わぬ顔でそのまま歩き出す。その手には先ほど男が受け取っていた茶封筒が握られていた。歩きながらさりげなく中身を確認する。帯がついたままの札が一束。百万円だ。

「あらまぁ。こっぴどくやられたね、あの婆《ばあ》さんも」

肩を竦《すく》め、きっちり数えて三十万円を中から抜き取り、残りの金が入った茶封筒を老婦人の家のポストに投函《とうかん》した。

「婆さん、手数料の三十パーセントは貰《もら》ってくからねぇ」

インターホンを押して知らせることもせず、真太郎はそのまま家から去った。ここから五軒先の家の玄関先には防犯カメラが設置してある。真太郎はその手前の道を左に曲がる。この道には防犯カメラはないが、突き当たりを右に曲がった先の大通りには至る所に監視カメラが設置されていた。それを避けることは物理的に不可能だ。真太郎はジャケットのフードを目深に被ると、クリスマス間近の華やいだ大通り沿いを足早に駆け抜けた。

此処《ここ》まで来れば人気《ひとけ》に紛れて身元がバレることももうほぼない。

真太郎は主に反社会勢力から金をぶん捕る、タタキの仕事で生計を立てていた。罪悪感や罪の意識など微塵《みじん》も感じたことはない。むしろ自身の行為を正義だとすら思っていた。正義とはもちろん無償ではないし、法律でもない。

詐欺による手渡しでの現金の受け渡しは記録に残らない分、警察に通報しても金が返ってくる可能性は極めて低い。しかし真太郎の手に掛かれば七十パーセントが返金されるのだ。被害者にとって果たしてどちらが正義だろうか。

真太郎はその足で上野駅に向かい、人気に紛れて京浜東北線最終蒲田行きに乗り込んだ。大井町《おおいまち》まで出て、そこからタクシーで武蔵小山《むさしこやま》の家まで帰る。今日も滞りなく順調。儲《もう》けた金は全て貯金に回す予定だった。

しかし、真太郎が降り立ったのは五年後の、高輪ゲートウェイ駅という未来の駅だった。

駅員が騒ぎに駆けつけてくるのに気づき、真太郎はホームから線路に飛び降りて駅の外に出た。何が起きたのかわからなかった。それにやたらと蒸し暑い。真太郎はすぐさまジャケットとパーカーを脱ぎ、下着のTシャツ一枚になって周囲に溶け込んだ。スマホは電源が切れたまま使い物にならず、何か情報を仕入れなければと、近くのコンビニに駆け込んだ。そして手に取った新聞記事を見て、真太郎はその事実に驚愕《きょうがく》した。

二〇二四年八月一〇日付のスポーツ紙には、現在開催されているという東京、ではなく〝パリ〟オリンピックでの日本人選手金メダル獲得の記事が、一面にでかでかと掲載されていたからだ。

慌てて自宅に戻ってみたが、住んでいた家はすでに強制退去の手続きが行われていた。幸い真太郎の犯罪歴がバレるようなものは一切家に置いていなかったが、家具や家財を取り返す術はもうないだろう。そもそも借主名義も真太郎本人のものではない。偽造した身分証明書で他人になりすましていたのだ。今頃実際には存在しない家賃滞納夜逃げ男の行方を警察が探しているかもしれない。

素性を明かすことは今後の仕事に差し支える。もちろん警察が絡むような出来事に巻き込まれるのもごめんだ。いくら真太郎が法律を正義と捉えないとはいえ、国はそれを許さない。真太郎の正義は見つかれば罰せられることばかりなのだ。

幸いにも、裏口座に預けていた金は無事だった。住まいを失っても、金なら十分すぎるほどある。すでに預金は、億をとっくに超えていた。

真太郎の仕事はリスクは大きいが、その分一日で手にする金額は桁違いだ。今日の報酬も、真太郎にとってお小遣いレベルでしかなかった。

けれど真太郎には物欲というものがまるきりない。金を手にしたからといって何を買《か》い漁《あさ》るわけでもなく、高くてうまい飯を食べるわけでもない。だから金は面白いように溜《た》まっていった。

強いていうとすれば、金そのものを集めるのが真太郎の趣味だった。金は決して裏切らない。物心ついた時から、真太郎の夢は〝金持ちになること〟だった。漠然としているようだが、大抵の人間の夢のゴールは、結局ここに行き着いているのだと真太郎は思っている。

しばらく真太郎は漫画喫茶に寝泊まりすることにした。わずか一畳ほどのスペースにディスプレイの置かれたデスクとリクライニングチェアだけ。十分だ。コンビニで買ってきたカップラーメンに湯を注ぎ、自室にこもる。

さらなる情報収集のため、ディスプレイの電源を入れＰＣを起動させる。

スマホが使えないのはなかなか厄介だ。偽名義でも家がないとスマホの契約もまともに出来ない。架空名義のスマホを手に入れる手立てならあるが、まずは自分の身に何が起きたのか調べてみる必要があった。

真太郎が乗っていた電車の事故は、大きなニュースになっていた。乗っていた乗客は五名。四名の身元は確認されていたが、一人は身元不明とされていた。真太郎のことだ。フードを目深に被っていた真太郎は上野駅の防犯カメラ映像では顔を確認出来ず、行方不明者届けも出されなかったことで、正体を摑めなかったようだ。無理もない。

当時の詳細を追っていくほどあの日何が起きたのか、真太郎の中でそれは確信に変わった。

「タイムトラベルねぇ……」

ネット上のいくつかの記事を流し見しながら、思わず口角が吊《つ》り上《あ》がる。笑いを堪えたが無駄だった。可笑《おか》しくて堪《たま》らない。胸の奥で熱く熱された血が脳までフツフツと沸き上がり、真太郎は思わずその場で奇声をあげていた。

駆けつけてきた店員に注意されたが、こんな感情になったのは十数年ぶりのことだ。

乗り合わせた乗客の名前がネット上に晒《さら》されていた。

佐野峯昴、牧勇作、島倉瞳、神坂晟生《こうさかせお》。

「……神坂晟生」

随分変わった名前だと思った。

新着の記事によれば近日、宇宙研究開発機構にて、この事故の乗客に改めて任意事情聴取を行う予定であると掲載されていた。

警察でも鉄道会社でもなく、宇宙研究開発機構だ。事情聴取とは名ばかりで、実際は研究対象としてこの先も経過観察されるのだろう。

約一週間後。それまでにいくつかの問題を片付けておかなければ。

真太郎はリクライニングチェアに深く沈み、そっと目を閉じた。

＊

神坂晟生が向かいに住む大家の家を訪ねた時、すでに日は暮れかけていた。晟生を見るなり、大家は目に涙を浮かべて抱きしめてくれた。

「帰ってきてくれるって信じていたわよ」

柔らかな感触が体にまとわり付き、対応の仕方がわからない。晟生はされるがまま、身を強張《こわば》らせて立ち尽くした。大家の愛犬であるトイプードルがタイル張りの玄関先でペタペタと落ち着きなさそうに足踏みをしながらこちらを見上げている。

「ニュース見たわよ、怪我《けが》はない？　お腹《なか》空いてるんじゃないの？」

ようやく体を離した彼女が、今度は心配そうに晟生の顔を覗き込む。

「さっき帰りに食べて帰ってきました。それからこれ」

晟生は律儀に紙袋から菓子折りの包みを取り出し、彼女に差し出した。

「長期不在にも関わらず、そのまま部屋を残しておいてくださって本当に感謝しています」

こんな時にいいのに、と申し訳なさそうにしながら大家はそれを受け取る。受け取らない失礼を配慮してのことだろう。

「いいのよ、そもそもこんなボロアパート、今時誰も借りたがらないんだから」

大げさにフォローをくれる彼女の顔には、所々にシワが刻まれていた。晟生がいなかった五年の変化だけではないが、やはり少しだけ年を取った気がした。

「あなたたち兄弟がここに来た日からずっと、勝手に母親代わりのつもりなのよね、私。今でも思い出すのよ。あの部屋のベランダからシャボン玉がふわふわ空に上がっていく光景を」

彼女はそう言って晟生の部屋のベランダを見つめた。きっと陽生《ようせい》のことを思い出してくれていたのだろう。陽生は晟生の八歳年の離れた兄であり、今はもうこの世にはいない。遠い場所に二〇一五年、三十路《みそじ》目前にして旅立ってしまったから。

晟生と陽生は、陽生が十一歳、晟生が三歳の時から施設に預けられて育った。

両親が自動車事故で他界したのだ。晟生には両親の記憶がほとんど残っていない。

残されたアルバムの中で両親の顔を知ってはいるが、それでも名前を呼ばれた記憶も、抱きしめられた記憶もない。今になってはそれでよかったのかもしれない、と晟生は思う。なぜなら、十一歳という多感な時期に両親を失った陽生を間近で見てきたからだ。

陽生は、残されたたった一人の弟を守ろうといつも必死だった。施設に入居してからも、晟生の面倒ばかり見ていた。大げさでなく、陽生は仲のいい兄であり、頼れる父であり、優しい母だった。初めて包丁を握った時も、初めて自転車の補助輪を外した時も、初めてのテストでいきなり百点を叩《たた》き出《だ》した時も、誰より一緒になって喜んでくれたのが陽生だ。

晟生が傷つき、泣いていると陽生はよくシャボン玉を飛ばしてくれた。晟生がまだ赤ん坊の頃、癇癪《かんしゃく》のように泣き出すと母親がこうしてシャボン玉を飛ばしていたらしい。すると晟生はぴたりと泣き止《な》《や》んで笑顔を見せたのだと言う。陽生はそれを真似《まね》して、晟生が大きくなってからも事あるごとにシャボン玉を空に飛ばしていた。

施設暮らしを始めてまもなく、陽生には夢が出来た。それを年の離れた幼い晟生にもわかりやすく丁寧に、何度も説明してくれた。夢を語る陽生はキラキラと輝いていて、聞いているだけで晟生の胸は高鳴った。施設で読み聞いたどんな絵本よりも面白かった。

陽生がいたから、晟生は寂しいと思ったことはなかった。親のいない子供たちの中で育った環境も手伝って、違和感も覚えなかった。

けれど陽生はそうではなかった。ある日、帰宅の遅い陽生を夕暮れの公園に探しに行った時、陽生は一人静かに泣いていた。晟生の前では決して見せない姿だった。安定剤代わりのようにシャボン玉を飛ばす陽生の癖のおかげで、彼を見つけるのは簡単だった。もしかしたらあのシャボン玉はいつも陽生が自分のために飛ばしていたのかもしれない。辛《つら》い時、苦しい時、寂しい時、一人じゃ抱えきれない時、どうしていいかわからない時、それをシャボン玉に乗せて空に飛ばすことで両親を近くに感じていたのかもしれない。

陽生にとって両親を失ったことは、火星に一人送り出されたような孤独との戦いだったに違いない。

陽生は十八歳になると、十歳の晟生を連れて施設を出た。そして今の田町のアパートで二人暮らしを始めたのだ。陽生はシステムエンジニアの仕事を見つけて、毎日夜遅くまで働きながら晟生のことを養った。

けれど結局、陽生は自分の両親が死んだ年齢を越すことも出来ず、呆気なく急性心不全で死んだ。その命はシャボン玉みたいに一瞬でプチンと弾《はじ》けてしまった。陽生が果たしたかった夢は、夢のまま終わった。晟生は一人になってようやく、陽生がずっと胸に抱えていた絶望と孤独を知った気がした。

早々に停止していた電気、ガス、水道、ネット通信の再開手続きを済ませると、晟生は部屋中を隈なく掃除して回った。ほんの一日家を空けただけのはずなのに、部屋の中には五年という歳月が白く降り積もり、玄関の角には蜘蛛《くも》が居心地のよさそうな豪邸を建てていた。とはいえ、変わらず家がそのまま残っていたことに感謝する他はない。大学を卒業してから未来に飛ばされるまでの三年間、仕事は兄と同じフリーのシステムエンジニアをしていたが、少し休んでから再開すれば問題ないだろう。金なら当面はどうにかなる。

幸い電化製品も壊れているものは特になく、電気を通すと息を吹き返したように稼働し始めた。

部屋中の埃《ほこり》を取り除き、最後にキッチンに置いていた食器を一度丁寧に全て洗い直した。ペーパーフィルターをドリッパーにセットし、近所の個人珈琲《コーヒー》豆店で挽《ひ》いてもらった豆でコーヒーを淹《い》れる。六十代の亭主のこだわりで世界各国から集められたその店のコーヒー豆は、どれも質がよく他では手に入らないものばかりだ。小さな店舗ではあるが、コアなファンが多く定着しているのだろう。五年の歳月が経っても未だ営業し続けていることは、自分の部屋がそのまま残っていたのと同じくらいの喜びだった。

ぶくぶくと膨れ上がる豆の香りが部屋に漂う。お湯を注ぐ瞬間から心の安息を得られる。そこが、最生にとってコーヒーが欠かせない理由だ。ささやかな楽しみさえ失った人生に、生きている価値はない。守るものを失った人間には、なおさら。

革のボストンバッグと一緒に持って帰ってきた紙袋に、契約したばかりのスマートフォンが入っている。取り出して電源を入れた。二〇二四年八月一〇日二一時一〇分。通信システムは5G。

部屋のディスクスペースに並べられた数台のPCの電源を入れ、埃を払った椅子に腰掛ける。メガネを一点の曇りもなく磨き上げ、淹れたてのコーヒーにスティックシュガーを一本と、半分。ゆっくりとかき回し、カップの縁から啜るように味わう。やらなければならないことは山積みだが、昨日の喧騒《けんそう》からようやく少し落ち着けた気がした。

コーヒー片手にネットニュースを検索する。二〇二〇年に開催予定だった東京オリンピックはすでに過去に変わり、二〇二四年フランス、パリオリンピックが現在開催中、近々のニュースはそれに纏《まつ》わることばかりだった。

その他の大きなニュースといえば、NASAがアポロから五十五年を経た今年、再び人類を月に送る計画を実現させようとしていた。それだけではない、初の火星への有人宇宙船の打ち上げも今年、予定されている。今後さらに物資を送り込んでいき、火星に都市を作ろうというトリッキーな計画は、着実にその一歩を刻み始めていた。

さらにその火星移住計画に使われるロケットを応用した民間機が、来年から一般運行を開始するらしい。驚きなのは、地球の何処《どこ》へでも一時間以内に移動することが出来るということだ。たった五年前には考えられなかったことだろう。

文明の発達を身にしみて感じる一方、消費税は十五パーセントまで上がり、その原因のひとつは、年金問題だ。日本の人口の半分以上が五十歳以上となる二〇二四年問題は深刻化の一途をたどっていた。医師、介護士不足が囁《ささや》かれるなか、一方医療面では、人工細胞を使った再生医療の一般実用化が二〇一九年時点での想定より飛躍的に進歩しているようだった。治る病が増えたにも関わらず、少子高齢化に伴い、その技術を扱える医師が減っているという何とも皮肉な現状はこの先、具体的な改善策がない限り続くのだろう。

そしてあの日、何があったのか。関連する記事を晟生は遡って調べた。

公式には、最初こそ様々の憶測で揺れながらも、原因不明の未解決事故として処理されていたが、ネット民の反応はそうではなかった。この事故を面白がる一部の輩《やから》の間では一つの仮説が有力視されていたからだ。

事故の起きた二〇一九年一二月一八日には大きな話題を呼んだニュースがもう一つあった。世界レベルで見れば、あの事故よりもよっぽど大きく報道された出来事だ。

【ついに、ベテルギウス超新星爆発を観測!!】

ベテルギウスとは、地上から見てオリオン座の左上部分に当たる恒星のこと。地球からは約六百四十光年離れており、当然、今回の爆発によって観測された超新星爆発は六百四十年前に起きていたことになる。二〇一九年より前からベテルギウスの寿命が近いことは話題になっており、世紀の天体ショーを世界中の巨大望遠鏡が捉えようとしていた。その予兆である大量のニュートリノや、重力波を観測する専門機関では日々万全の準備をしていたに違いない。

そんな大イベントが、あの事故と同時刻に起こっていたのだ。

ベテルギウス超新星爆発による光は四ヶ月もの間、夜の空を満月の百倍もの明るさで照らしていたのだという。そこまでの明るさなら、きっと昼でもその光は肉眼ではっきりと見えたはずだ。

しかし晟生たちが未来へ飛んだ瞬間、その光はまだ地球には届いていなかった。同時刻に地球に届いていたのは、超新星爆発によって生じた重力波だけ。恒星が爆発の光を放出させる前、星が押しつぶされることによって発する光速とほぼ同等の速さでやってくるニュートリノや重力波は、爆発の光よりも早く地球に届く。その重力波の観測時間と事故の時刻がぴったりと一致しているのだ。こんな偶然があるのだろうか。

それを疑問視する声がネット上では少なからずあがっていた。その結果、彼らが導き出した答えは「ワームホール」だった。

ワームホールとは、二つの離れた時空間を結びつけるトンネルのようなものだ。晟生たちが乗っていた電車は、重力波によって生じた時空の歪みが何らかの理由で凝縮し、そこに出来たワームホールをくぐって時空を超えたのではないか。

しかし、ワームホールの存在は二〇二四年現在でも科学的に立証されていない。そのことから否定論者も絡んで、ネット上では白熱した議論が繰り広げられていたようだった。晟生たちが帰還したことによりこの議論が再加熱し、SNSのトレンドワードには「タイムトラベル」が入っていた。

事故のことを延々と調べている間に、気づけば午前三時を回っていた。

昼間のまとわり付くような暑さが幾分落ち着き、晟生は冷めてしまったコーヒーを淹れ直し、閉め切っていたベランダの窓を開け空気を入れ替えた。外に出て東の空の低い位置に目を凝らすと冬の星座、オリオン座が姿を現していた。夏でもこの時間、東の空の低いところでは見ることが出来ると、教えてくれたのは陽生だった。けれどもう、晟生の知っているそれではない。オリオンの右肩を担うベテルギウスの光はすでに肉眼では観測出来ないほどに小さくなっていた。それは晟生にとって、ここが未来であることの証明だった。

「……まだ、未来は大丈夫だ」

コーヒーを啜りながら、晟生は見慣れぬオリオン相手に呟く。

長く愛され続けたオリオンはあの日、永遠にその右肩を失ったのだ。

二章 五年後の未来

墓石の上に主人を失った蝉《せみ》の抜け殻が落ちている。昴はそれをつまんで近くの植え込みに投げた。生前の真夏なら泣き喚《わめ》いていただろう。彼女は大の虫嫌いだったから。

真夏の墓は白金《しろかね》にある高級霊園の中にひっそりと佇《たたず》んでいた。しかし花は活《い》けられておらず、砂埃《すなぼこり》とカラカラに乾いた線香の欠片《かけら》があるだけだった。もうしばらく誰も訪れていないことが見てすぐにわかった。

手桶《ておけ》に汲《く》んだ水で墓石を潤し、固く絞った雑巾で丁寧に砂埃を拭いていく。炎暑の陰で昴は無心で墓を洗った。女の子なのだから、動けなくなった真夏の代わりに綺麗にしておいてあげなければならない。髪飾りを挿すように、最後に真夏らしいひまわりの花を活けた。

木漏れ日の降り注ぐ、静かで風通しのいい避暑地のような墓地だった。何年か前に二人で行った伊豆《いず》旅行で感じた涼感が蘇《よみがえ》る。

「また伊豆、行きたいよな」

昴は墓石に向かい合い、ぽつりと呟いた。深い意味はない。ただ愛する彼女に旅行の提案をしただけだ。よくある恋人同士の何気ない会話をしただけ。本当にそれだけ。真夏を過去の思い出に変えることなんて出来るわけがない。なぜ未来《ここ》にいるのかもわからないのに、世間で騒がれているようなワームホールだの、タイムトラベルだの、そんなふわっとした理屈で納得出来るわけがない。真夏の死を受け入れるなんて絶対に無理だ。

けれど目の前の光景が昴の心に水を差す。彼女は死んで、この墓の中にいるのだ。真夏の死因は、心臓機能に障害が生まれるという難病だった。真夏の父親に聞いた話をアルバイト先の店長から又聞きしただけだから詳しいことはわからない。

何より驚いたこと――それは、真夏があの事故の前、余命一年という宣告を受けていた事実だった。昴は真夏から何も聞かされていなかった。二〇一九年のクリスマスが真夏にとって、人生最後のクリスマスになろうとしていたことも。

電車で喧嘩したまま別れた。よくある他愛ない喧嘩のはずだった。もう二度と会えなくなるなんて、言葉を交わせなくなるなんて、真夏だって思いもしなかったはずだ。もしわかっていたら、あの時、迷わず真夏の後を追いかけて電車を降りていたのに――。

真夏の名が刻まれた墓石の前で、昴は長い時間立ち尽くしていた。涙さえ零《こぼ》れることはなかった。胸に満ちていたのは、大切な人を失った、という悲しみではなく、自分の半分を失ったという絶望だった。

真夏に出会うまで、昴の人生はずっと孤独との戦いだった。

シングルマザーだった母親の代わりに家事をする日々。母親の不在を埋める一人の時間に、昴はめきめき料理の腕を上げた。母親に彼氏が出来るたび、より一層一人の時間が増えていく昴にとって、むしろ仕事が与えられる方が自分を肯定するのにちょうどよかった。孤独の感情を紛らわすものが料理だったのだ。それが日常になり、いつしか昴の夢は、料理人になることになっていた。

「Bel Momento《ベルモメント》」で昴がアルバイトを始めたのは、高校一年の夏休みのこと。初めはたまたま田町駅近くに住んでいた友人のおすすめで入ったパスタ屋だった。何気なしに注文したジェノベーゼパスタを食べた時、今まで自分が食べてきたパスタはこれを目指して作られた偽物だったのではないかと本気で思った。それなりに自信があった自身の得意料理すら、嘲笑《あざわら》われたような気がした。

平打ちのもっちりとした食感の生パスタは、パスタだけでも料理として成立していたし、鮮やかな緑のジェノベーゼソースの深いコクと、飲み込む瞬間まで舌の上で香る豊かな味わいはシンプルながら絶品という言葉以外に当てはめようがなかった。昴はすぐにこの店で働くことを決めた。

そこに真夏がアルバイトとしてやってきたのは、昴が勤め始めてから一年後の夏休みだった。真夏という名前がぴったりの笑顔が眩しい日焼けした肌の元気な女の子。その肌に映える、透き通るような瞳が印象的だった。名前のせいか、季節のせいか、一目見た途端、サザンの曲が脳内に繰り返し流れていた。

真夏の指導係に昴が任命されたことで、会話をする機会が自然と増えていった。ホールの立ち振る舞いから、オーダーの取り方、ビールサーバーの使い方、効率的な皿の下げ方、それからちょっとめんどくさいランチのお客さんの扱い方まで、昴は時折冗談を挟みながら教えた。その度に真夏がいちいち声をあげて笑ってくれるものだから、いい気になってますます冗談を繰り返した。真夏と話していると皆、自分に笑いの才能があるのではないかと錯覚してしまうと思う。要するに真夏の笑いの沸点が低いだけなのだ。そうわかってはいても真夏が笑うと嬉しさ以上に、妙な自信が胸の奥から湧き上がった。

キッチンも担当していた昴が、真夏にまかない飯を出した時のこと。

「なにこれ！　信じられないくらい美味《おい》しい！　これを超えるものはこの先絶対に出てこないわ！」

初めて昴のまかない飯を食べた時の真夏の表情、一言一句を昴は今でも鮮明に覚えていた。店のメニューとは違う、あり合わせの素材を突っ込んで作った、即席のカルボナーラだ。自分の作った料理をそんなにも褒めてもらったのは生まれて初めてだった。今まで散々料理を作ってきた母親にも、こんなに褒められた試しはなかった。

真夏は昴のまかない飯を食べるたび、こちらが恥ずかしくなるくらい褒め殺した。どうやら真夏の味覚に、昴の味付けがぴったりとハマったらしい。それが嬉しくて、真夏にまかない飯を作ることが昴の新たな楽しみになった。

当時高校生だった昴と真夏は勤務時間もほぼ同じで、必然的に一緒に帰るようになった。昴は大森でほとんど帰ってこない母親と暮らしていて、真夏は高校生でありながら品川で一人暮らしをしていた。真夏の両親も物心がつく前に離婚しており、真夏は父親に引き取られた。真夏の実家は白金の一等地にあり、家政婦が常時三人いるという絵に描いたような金持ちだった。彼女の祖父が日本を代表する大企業の理事をしており、父親が代表なのだという。一見羨ましい話だが、真夏は昔から実家を出たかったらしい。週一度は帰る、という条件で高校入学と同時に一人暮らしを許されたが、週に一度どころかひと月に一度も帰る様子はなかったけれど。

昔から真夏の父親はほとんど家におらず、真夏は家政婦に育てられたようなものだった。嘘みたいだが、親の作る手料理をたったの一度も食べた経験がないらしい。お金で買えるものは何でも与えてもらえたが、お金で買えないものは何も与えてもらっていないと、真夏は笑いながら昴に話した。

どちらかというと貧乏な家庭で育ったはずなのに、昴には真夏の心の声が痛いほど理解出来た。真夏もそれを感じていたのだと思う。

昴はいつの間にか真夏の世界に引き込まれ、気づいた時にはその世界の中心で二人きりになっていた。

バイトが休みの日でも、真夏は昴に夜な夜な電話をかけてきた。真夏は根っからの寂しがりで、怖がりだった。雨や風の強い夜は外が怖いと電話越しに泣くこともあった。だったら実家に戻ればいいのにと言うと、実家にいると余計に孤独が増すのだと真夏は言った。

めんどくさがりな昴だったが、なぜだか真夏のこととなると何一つそんな風に思えなかった。雨の夜になると、気づけばかかってくる前から真夏の電話を待っている自分がいた。

品川駅ならば山手線で帰れるにもかかわらず、真夏は決まって昴と同じ京浜東北線に乗って帰った。店を出て、電車でたった一駅先までの帰路中、いつも真夏の話を聞いていた。今日の出来事からツイッターで見つけた面白投稿の内容まで、全てを話すその姿はまるで日記帳の朗読のようだったけれど、昴はその時間をいつしか愛《いと》しく感じるようになっていった。

真夏と一緒に迎える初めての冬、いつものように同じ京浜東北線に乗り込み、つり革で横並びに立つ昴に、真夏は言った。

「ねえ、付き合おっか」

その日、品川駅を過ぎても真夏は電車を降りなかった。

※※

高輪ゲートウェイ駅に隣接された建物に、宇宙研究開発機構の研究施設があることは、有名な話のようだった。けれどどんなにネットで調べてみても、なぜそこに研究所が出来たのか詳しい情報はなかった。

任意の協力ということで、あの電車に乗り合わせた乗客への改めての事情聴取が、警察でも鉄道会社でもなくその研究所で行われることになった。

あの事故の直後、家にはマスコミが押しかけ、しばらく混乱状態が続いていた。マスコミに囲まれる経験などもちろん人生で初めてのことだったが、昴の心情は真夏の死の喪失感でいっぱいだった。

少しでも具体的な説明が聞きたくて昴は研究所に足を運んだ。

受付にはあの日電車に乗り合わせた、メガネの男、派手めな女性、優先席で寝ていた中年男が何故か苛立った様子で待機していた。辺りを見回してみたが、もう一人いたはずのフードの男はいない。あのフードの男の所在だけは警察すらも特定出来ていないとネット記事で知った。あの日すぐに姿を消したのには、事情があったのかもしれない。

四人が揃い、研究員から名刺を渡される。時空制御研究部門という聞き慣れない肩書きだった。

会議室に案内され中に入ると、一人の男が振り返るなり、昴らに向かって不敵な笑みを浮かべた。

「お疲れぇ、諸君。五年後の世界楽しんでるぅ？」

その癖のある話し方で、昴はすぐに彼があの日一緒だったフードの男だと確信した。乗客を手早く避難させるなり、いつの間にかいなくなってしまったあの男だ。

「あ、あの時の」と同じく女性が気づいて目を瞬《まばた》かせる。

「ほらね、彼らが証人だって言ったでしょ？」

フードの男はそう言って一緒に来た研究員に目配せをした。

「失礼致しました。あの日五人目の乗客がいたことは確認していましたが、それが貴方だという証拠もデータも何一つ残っていなかったものですから」

「これで俺が乗客だって信じてもらえたってことで……、まあとりあえず皆さん、座ってくださいな」

まるで責任者のような口ぶりで、フードの男が昴らに席に着くように促した。

そして研究員のすぐ左隣にいた女性から時計回りに、自己紹介が行われた。

唯一の女性である島倉瞳、五年前の年で二十八歳。アパレル勤務。

優先席で寝ていた牧勇作、四十六歳。自営業。

メガネの男、神坂晟生。二十五歳。システムエンジニア。

そしてフードの男は真太郎、とだけ名乗った。

「あの……、ネットニュースで見たんですけど、ベテルギウスの超新星爆発の影響っていうのは本当なんでしょうか？　ワームホールでタイムトラベルがどうとかって」

自己紹介を終えて早々に、瞳が徐《おもむろ》に研究員に尋ねた。

事情聴取と称して宇宙研究開発機構なんていう場所に呼ばれた時点で、ここに集まっていた全員が違和感を覚えていたと思う。そして、今回の事故がネットで騒がれている「超新星爆発」と関係がある、と想像するのは当然のことだ。瞳のその質問は、ここにいる全員が聞きたかったことだった。

研究員はキーボードを叩く手を止め、昴らの方に目を向けた。

「断定は出来ません。……が、その可能性はあると考えております。ただ現時点でワームホールはその存在を証明されていないのも事実です。もし関係性があるとするならば、今回の事故をきっかけにその仕組みが明らかになることを我々は期待しています」

「でもそんなことって本当にありえるんですか？　だって、今まで実際にタイムトラベルしちゃった人の話なんて聞いたことないし」

信じられない、と言いたげに瞳が食い下がる。

「いえ、そうでもないですよ」

そう答えたのは、研究員ではなく昴の横に座っていた晟生だった。

「一九六〇年、アメリカオハイオ州でもう使われていないはずの旧式飛行機とセスナ機が時空を超えて接触したという事故や、一九二九年、トルコで発見された一五一三年作成のピリ・レイスの地図には、まだコロンブスによって発見されてまもないアメリカ大陸の地形の詳細や、一八二〇年まで発見されていないはずの南極大陸の海岸線までも描かれていました。さらに一九九八年、ジョン・タイターという二〇三六年からやってきたタイムトラベラーとして有名になった男の存在もあります。他にもこんな話はいくらでも世の中に出回っています。その全てが真実かと言えば証明は出来ませんが、科学的にありえない現象がこれまでにいくつも報告されています。実際、僕たちはタイムトラベルの当事者なのですから、余計にあながち嘘だと否定出来ないのではないでしょうか」

晟生の話はまるでSF映画みたいだった。本当にネット民だけが勝手に騒いでいた事柄では済まなそうだ。もし今回の事故でワームホールやタイムトラベルの仕組みが解明されれば、日本だけでなく世界中で大変な騒ぎになるだろう。

「もしよろしければ、あの時の状況、感じたことを、些細なことでも結構ですのでお話いただけないでしょうか？」

研究員にそう促され、昴は当時の状況を思い返してみる。そしてあの時に感じた違和感が脳裏に蘇ってきた。

「……自分の背中が見えたんです」

自分の背中が、と研究員が繰り返す。

「そんなわけないんですけど、瞳さんの声は後ろから聞こえたはずなのに、前に姿が見えて、その奥に自分の背中が見えたんです」

研究員はキーボードを叩きながら、その見解を述べた。

「時空の歪みのせいかもしれません。時空の歪みは当然光をも屈折させます。なので、ワームホール内でねじ曲がった光によってそう見えた可能性があります」

「不思議な音が、聞こえました」

そう答えたのは瞳だ。

「入り口と出口の音がワームホール内で共鳴し合っているような音でした」

瞳の言葉を補足するように晟生が答える。

「体が前後に引っ張られるような感覚もなかったですか？」

昴がそう言うと、瞳が共感するように何度も頷《うなず》いた。

研究員が興味深そうにメモをとる。

「時空の歪みを通過する際、潮汐力《ちようせきりよく》という力が加わります。人間がブラックホールに落ちると体が引っ張られ引き裂かれるといいますが、それと同じです。正直、ワームホールを電車で通過すれば強い重力を受け、皆さんの体はまず無事では済まないはずなのですが……。まさに奇跡の生還です」

「ふざけるな!!」

その時、目の前の机をバンと叩いて勇作が突然立ち上がった。

「ワームホールだ、なんだ知らねえけどな、こっちは突然列車事故に巻き込まれて命からがら帰ってきたと思えば、家庭はめちゃくちゃだ！　どうしてくれんだ！　ええ？　慰謝料はきっちり払ってもらえるんだろうなぁ！」

勇作は大声で威圧し研究員に食ってかかる。明らかに関わると面倒なタイプの男だ。

落ち着いてください、という研究員の言葉には耳も貸さず、その勢いのままズボンのポケットからくしゃくしゃになった一枚の紙を取り出し、机の上に叩きつけた。

昴が恐る恐る横目で盗み見てみると、それは離婚届だった。奥さん側の署名だけはもう済んでいるようで、勇作の方はまだ空欄になっている。

「あの事故のせいで家庭はこんな有様《ありさま》だよ！　ああ？　娘は知らんうちに男と出来てやがるし、会社も会社で……、一体どう責任とるつもりだ!?」

勇作は机の上を何度も叩きながら鼻息を荒らげる。それだけでは飽き足らず今度は全館禁煙にも関わらず、胸ポケットからタバコを取り出し火をつけ、慌てた研究員にすぐ止められた。

すると、勇作の隣で顔色ひとつ変えずに座っていた晟生が、徐に口を開いた。

「お言葉ですが、鉄道会社側に故意や重過失がない限り、賠償責任は発生しません。今回のような予測不可能な自然災害の場合、鉄道会社側に責任を押し付けて裁判を起こしてもまず勝てないでしょう」

淡々とした口調で晟生は続ける。

「それに、ここ」

晟生は机の上に見せしめのように置かれている離婚届の日付記入欄を指差して言った。

「日付記入欄に〝平成〟とあります。ということは、奥様はこの離婚届を、二〇一九年五月以前に準備していた可能性が高いです。要は今回の事故と、牧さんの離婚問題は全くの無関係だということです」

「なっ……！」

勇作は顔を真っ赤に染めて晟生を睨みつけた。

「あと、むやみに大きな声を出されるのはやめてください。大きな声を出すのは相手を支配し屈服させようとする心の現れです。僕たちは皆、牧さんに支配される覚えはありません」

晟生の見事なまでの論破に、勇作は苦虫を嚙み潰したような顔をして押し黙った。

「あははははっ、晟生くん、君なかなか言うねぇ」

真太郎が昴の隣で腹を抱えながら笑っている。何事も穏便に済ませたい昴には苦手なタイプの人間ばかりだ。怒鳴り散らす勇作は論外だが、この期に及んで冷静過ぎる晟生も、明らかに素性の怪しい真太郎も、普段ならまず関わらないタイプだった。

「……でも、せめて戻ることは出来ないんですか？」

そんな最中、瞳が不意にそう口走った。

「私も、この五年の間に仕事を失ったり、色んな環境の変化が起きていて、正直この現実を受け止められないんです。だから牧さんの気持ちも少し理解出来ます。もし戻れたらって、あれからずっと考えてしまって……」

瞳の訴えに、昴はひどく共感した。慰謝料が欲しいのではない、ただ元の場所に戻りたいのだ。それこそまさに昴がここに来て一番確認したかったことだ。まだ真夏の生きていた世界へ戻れるのか。それ以外の答えは望んでいなかった。戻りたいと願っているのは昴だけではなかったようで少し安心する。散々怒鳴り散らしていた勇作も、心底では同じなのだろう。

「俺も、戻りたいです」

思わず昴も口にしていた。思いはただそれだけだ。真夏がまだ生きていた時代に戻りたい。真夏にもう一度会いたい。あんな風に喧嘩したまま消えてしまったことが、悔やんでも悔やみきれない。やり場のない怒りや悲しみが身体中《からだ》を冷たく循環して、生きた心地もしない。

誰がこんな未来を想像出来ただろうか。圧倒的な不可抗力を前に、なす術なく未来に吹き飛ばされた昴らにとって、戻りたいと願うことは当たり前の感情だった。過去に行きたい、ではなく戻りたいのだ。もう一度あの電車に乗り込んで……。

「もしワームホールがあるなら、それで戻ることも可能だってことにはならないんでしょうか？」

しかし、返ってきた答えは昴らが求めているものではなかった。

「それは難しいと思います。人工的にワームホールを作り出すような技術はまだ確立されていません。でも仮に、それが出来たと仮定してみます。そして今回の事故がワームホールの影響だったとして、あの瞬間あの場には莫大《ばくだい》なエネルギーが発生していたと想定されます。そのエネルギーの発生源として考えられるのがベテルギウスの超新星爆発でした。しかしそのような地球にまで何らかの影響を及ぼす可能性のある天体現象は、今後一万年に一度あるかないかだとお考えください。……おわかりでしょうか」

皆が言葉を失う中、メガネレンズをシャツの裾で磨きながら、晟生が静かに呟いた。

「これは未来への片道切符だった、ということですよね」

研究員が静かに頷く。

「私たちは貴方たちが生きて帰ってこられたこと自体、奇跡だと考えます。あの車体でワームホール内の重力に耐えられることなど、まず普通に考えてありえません。ですが、貴方たちは生きて帰ってこられた。これは今後の宇宙開発における極めて重要な事象であり、その奇跡の生還者として、この先の未来を大切に生きていっていただきたいです」

真夏がいなくなった世界は、当事者以外の人間にとっては奇跡的な未来と映っているらしい。誰も、何もわかっていない。

＊

「いつの間にこんな機械使うようになったんだ、お前らは！」

勇作の怒号に、自社工場内の空気がピリッと張り詰める。五年ぶりに勇作が工場の内部調査に入ると、体制は劇的に進化していた。長年ここでは精密性が求められるロケットや巨大望遠鏡、さらに潜水艦の耐圧殻などに使われる部品のプレス、加工などを手がけてきた。特に力を入れていたのは加工技術だ。精密さを極めるために時には手作業で研磨することさえある。

しかし、久しぶりに現場に戻ってみると長年使用してきたそれらの機械は全て一新され、ＤＮ重工から最先端３Ｄプリンターが導入されていたのだ。

「ですが社長、社長が不在の間に３Ｄプリンターの性能は飛躍的な進化を遂げています。３Ｄプリンターに対応している次世代セラミック電気硬化超合金を使えば、納品スピードはもちろん、耐久性、耐熱性、精密度に優れ、そして地上最強耐圧の強度を持った物作りが可能なんです！」

社員の中でも特に勇作が気にかけ面倒を見ていた弟子の松崎《まつざき》が、必死に弁解しようと食い下がってきた。松崎には勇作のありとあらゆる技術、知識を教え込んでいたはずだ。それを全て放棄したかのような松崎には心底頭にきていた。

「そんなもん使わなくても前の機械で十分だ！　得体の知れない素材なんぞ取り入れやがって、最新機械の導入なんて別の工場でやればいいだろう！　うちにはうちのやり方があるんだ！　こんなもん使い始めたら誰でも作れるもんしか作れない会社になっちまうだろうが！」

そんなことありません、と松崎が声をあげた。

「この機械をどこの工場でも使いこなせるわけではありません！　社長や我々が積み重ねてきた技術あってこそのこの機械なんです！　我々はただ、これまで以上に丈夫で、精密な物作りを目指したまでです！」

「ふざけるな！　そんなもんに頼りきりになれば人が成長しなくなるに決まってる！」

騒ぎを聞きつけ、事務作業をしていた依子が駆けつけてきた。

「あなた、いい加減にしてください。もう昔とは違うんですよ」

昔とは違う、その言葉を勇作はどうしても受け入れることが出来なかった。勇作にとってのその昔とは、つい数日前の話なのだ。

「うるさい！　どいつもこいつも口答えばっかりしやがって！　社長は俺だ！　俺の言うことが聞けないなら出て行け！」

勇作は勢いに任せ怒鳴り散らした。しかし、誰一人として出て行こうとはせず、従業員全員の冷めた視線が勇作を突き刺した。

ＤＮ重工の傘下となった勇作は、もはや雇われ社長に過ぎないのだ。プライドをズタズタにへし折られた気分だった。居ても立ってもいられず、勇作は舌打ちをして自ら工場を出て行く。

車に乗り込み、胸ポケットからタバコを出して咥《くわ》える。あの事故以降、何もかも思い通りにいかない。それがさらに勇作の怒りに火をつけ、爆発しては空回る。もううんざりだ。

家に戻り、靴を脱ぎ捨て途中コンビニで買ってきた冷やし中華をテーブルの上に投げつける。キッチンも机の上も物で溢《あふ》れかえっていた。離婚届を勇作に突きつけて以来、依子が本当に出て行ってしまったからだ。

どうやら工場近くのビジネスホテルに身を寄せているらしい。そう教えてくれたのは一人娘の優季だった。

優季は勇作の唯一の弱点だった。依子には優季が妊娠したことについて厳しく当たったが、本人を同じように怒鳴りつけることはどういうわけか出来ないでいた。昔から、どんなに怒っていても、娘に一言注意されるだけで、勇作は途端に覇気を失ってしまうのだ。

昼間からビール片手にテレビをザッピングしていた勇作のもとに、優季がやってきたのはすっかり外が暗くなってからだった。

「あーあ、こんなに汚しちゃって。ちゃんと片付けなよ！」

つい数日前、依子が出て行った翌日にも優季は実家であるこの家に顔を出していた。五年ぶりに帰還した父親に対し涙ひとつ見せず、代わりに延々と依子への態度について説教されたのだ。

私がお母さんだったらとっくに別れているだとか、もっと感謝の気持ちを持てだとか、まったく女という生き物はすぐにつるみたがる。

しかし優季を味方につけられてしまっては、勇作に勝ち目などあるわけもない。

優季のお腹はすでに目で見てわかるほどにせり出していた。もともと体つきが細いせいか余計に目立って見えるのかもしれない。優季は勇作が食べ散らかしたコンビニ弁当の残骸を片っぱしからゴミ袋に詰め込んでいった。

「お父さん、こんなんじゃお母さん帰ってきてくれないよ？」

「あいつが勝手に出て行ったんだ、俺は知らん」

「ほら、すぐお母さんのせい。自分の非を認めないと本当に離婚されちゃうよ？」

勇作のすぐそばまでやってくると、机の上の空のビール缶をゴミ袋の中に突っ込みながら言う。返す言葉に困って、勇作はテレビに視線を向けたまま黙《だんま》りを決め込んだ。

「私の旦那にも会ってあげてよ。お父さんにあいさつしたがってるの。そりゃお父さんがいない間に結婚しちゃったのは申し訳ないと思うけど、少しは待たされてたこっちの身になってくれてもいいと思う」

前回来た時も、結局その話だった。優季は勇作に旦那のことを紹介したいのだ。けれどこればっかりは簡単に折れるわけにもいかない。

結婚の承諾ならまだしも、勝手に籍を入れた後の男にどんな言葉をかければいいというのだ。今すぐ籍を抜け！　なんて言えばそれこそ、もう二度と優季に口を利いてもらえなくなるだろう。とはいえ、やすやすと了承してやることも出来ない。会わないことが唯一今の勇作に出来る小さな抵抗だったのだ。

女たちには悪あがきにでも映っているのだろうが、娘を突然奪われた父親の気持ちが、自分以外にわかるわけもない。

しかしその間にも優季の腹の子はすくすくと成長していく。その姿がふと、遠い昔に依子が優季を妊娠していた頃と重なった。

「……どっちなんだ」

何が、とゴミ袋の口を縛りながら優季が振り返る。

「腹の子だよ」

「……ああ、性別？　女の子だって」

また女か、と口にしかけて押し止まる。別に女が嫌なわけではない。

ただ、娘の扱いにくさを勇作はよくわかっていた。息子ならば尻でも蹴り飛ばして独り立ちさせてやれるのだが、娘となるとそうもいかない。娘が生まれたら最後、父親は死ぬまで娘を心配しながら生きていかなければならないのだ。その点、母親はずっと楽観的だ。

その娘が母親になろうとしている。もちろんいつかはそんな日が来るとわかっていた。わかっていたけれど……。

「ねえ、お父さん」

まとめたゴミ袋を部屋の片隅にまとめて置き、ふと優季が手を止めて言った。

勇作は新しいビール缶のプルタブを引きながら、視線だけ向けた。

「こんなことになったけどさ、本当は生きてただけありがたいことだよね。お父さんも、私たちも」

突然神妙な面持ちでそう口にした優季に、勇作は思わず眉を顰めた。が、よくよく考えてみれば確かにあの事故で勇作は死んでいてもおかしくなかった。生きていたことが奇跡と言われるような事故に巻き込まれたのだから。

けれど、こうして生きのびたことは果たして本当にありがたいことだったのだろうか。依子には離婚を切り出され、娘は見知らぬ男のものになり、会社だって失ったも同然だ。もし、あのまま死んでいれば、少なくとも今のように絶望の淵《ふち》に立たされることはなかった。

勇作の最大の不幸とは、こうして生きて帰ってきてしまったことだったのではないか。そう思えてならなかった。

＊

元春の太い薬指には、他人の所有物であることを示すように輝くプラチナの指輪が嵌《は》められていた。見ないようにすればするほど、その一点に意識が集中してしまう。憧れにも似た溜息をつかずにはいられなかった。

呼び出された品川の喫茶店は、二人で映画を観《み》た後によく通った店だった。映画のついでではなく、ここのミートソーススパゲティを食べるついでに、映画を観ていたという方が正しい。二人ともこれが大好物で映画を観た後、感想をあれこれと語らいながら食べ、さらにアップルパイを二切れテイクアウトして帰る。これが二人の映画デートのお決まりだった。普段家賃も光熱費も食費も、何もかも瞳任せのくせに、これだけは、なぜか必ず元春がご馳走《ちそう》してくれた。

天性の女たらしとは元春のような男のことをいうのだと思う。

「瞳が食べてるところって本当に可愛《かわい》いよね。ずっと見てられる」

ミートソーススパゲティを食べる瞳を愛しそうに見つめながら元春は言う。

そんな甘い囁き一つで瞳は、彼の浮気もだらしなさも、全て許してしまえた。

ほとんど水を与えられず過酷な環境で育ったトマトが甘くなるように、元春の行動一つ一つは瞳の偏愛を過熱させるためのアクションでしかなかった。ろくでもない男ほど女は放っておけない。自分がいなければ、と勝手な使命感を抱いて余計に沼にハマっていく。きっといつか全て報われる日がくると夢見て。けれどそんな女を平気で踏み台にして、元春は別の場所で新たな夢を見るのだ。

「結婚するんだ」

元春は未来への愉悦を少年のような瞳の中に浮かべて言った。暇さえあればタバコばかりふかしていた元春が、自ら禁煙席を店員に指定したのにはさすがに驚いた。話を聞けば結婚相手は、現在元春が働いているアパレル店のお客だったらしい。あの日、家にいたのは元春の実の子供ではなかった。瞳より三つ年上の婚約者の連れ子らしい。それが瞳をさらに傷つけた。

子供が出来てしまったから仕方なく結婚することになった、という言い訳を聞けたならまだよかった。けれど元春はわざわざ連れ子のいる女を選んで結婚することを決めたのだ。あんなに自分の欲にしか興味がなかった男が、愛する人のために、血の繋がりもない子供の親になろうとしている。瞳には決して引き出すことが出来なかった元春のその変化が、何よりも瞳の胸を鋭い刃で貫いた。

今まで色んなことに目をつぶり、年上だから仕方がないと言い訳してきた。彼に振り回されている滑稽な自分を肯定したくてそう思い込もうとしていた。

けれどそうではなかった。ただ元春にとって瞳はそれまでの女だったというだけのことだ。自分の欲を投げ打ってでも幸せにしてやりたいとは思われなかっただけ。

瞳のことなどとっくに吹っ切って今の決意を語る元春に、怒りは湧いてこなかった。打てば響くならともかく、もう過去の女として処理された後に何を言っても無駄なことくらいわかる。もし、逆の立場で突然彼がいなくなり、帰ってくる保証もなく五年も待っていられただろうか。きっと無理だ。だから今日、彼を引き止めるつもりは毛頭なかった。彼との未来を主張する権利はこの五年の間に、いや、付き合っていたあの頃からすでになかったのかもしれない。

「愛しているの？　彼女のこと」

傷つくだけとわかっていて聞いた。どうせ傷つくなら思い切り傷つけて欲しかった。

元春にとっては五年でも、瞳にとってはまだ別れて数日しか経っていないのだ。滅多斬りにされて二度と元の形に戻れなくしてもらえれば、この恋の終わりを認めざるを得なくなると思った。

「うん、愛してるよ」

元春の愛してるは、これまでに何度も聞いてきた。もちろん全て瞳に向けられたものだ。けれど今のそれは、同じ言葉なはずなのに重みも、厚みもまるで違っていた。運命の人と、その他。その違いが短い言葉の中に凝縮されていて、瞳に宛てられたものではないと知りながら不覚にもドキッとした。

溜息が漏れた。今まで誰かにそんな風に思われた試しがあっただろうか。ないと言い切れてしまうのが悲しい。

この恋にケリをつけるどころか、自分の存在さえ透過して消滅していく気がした。母親から逃げるように田舎を飛び出し、必死に東京で守ってきたプライドを完全に打ち砕かれた。母親が言っていた言葉はあながち間違ってはいなかったのかもしれない。

(なぁしてあんたは、自分のことを過大評価ばっかして。だから嫁にももらってもらえんのよ)

母親の言う通り、田舎に帰って身の丈にあった生活をして、お見合いでもなんでもして、こんな自分を貰ってくれる優しい善人と結婚した方がよっぽど幸せになれたのかもしれない。

「あ、そうだ、結婚式よかったら来る？　一月五日なんだけど。瞳ちゃんにも祝ってもらえたら嬉しいし」

さすがに耳を疑った。元カノを結婚式に呼びつけるなんて正気の沙汰とは思えない。けれど元春はそれを素で言えてしまう男なのだ。瞳に結婚式をめちゃくちゃにぶち壊されるなんて一ミリも考えていないのだろう。全くおめでたい男だ。どこまで瞳を聞き分けのいい女だと思い込んでいるのだろう。

言葉に詰まりながらも瞳は、残念だけど予定があって、と返した。もちろん予定などない。ただ行かない、と答えるのはなんだか負けたような気がして、悔しくて言えなかった。

注文していたミートソーススパゲティが今更になって席に運ばれてくる。食欲なんて欠片も残されていなかった。いやここに来た時からそんなものはなかった。けれど、元春にそう思われたくなかった。失恋くらいで食欲も失《う》せてしまう哀れな女だと思われたくなかった。それでも今は匂いを嗅ぐだけでも吐き気がする。あんなに好きだったけれど、もう二度とここには食べにくることはないのだろう。きっと来るたびに元春を思い出して味のしないスパゲティを食べる羽目になるだろうから。あんなに美味しいと思えたのはきっと、何も知らずに元春の隣で幸せの味を味わっていたからだ。意地になって完食した。そんな意地を張っている自分が余計惨めで、胸がヒリヒリしたけれど、タバスコの胸焼けだと思い込んでやり過ごした。

会計は元春が払った。今日は自分で払おうと思っていたが瞳がトイレに立っているうちに会計は終わっていた。いつの間にそんな技を覚えたのか、考えると余計な妄想が膨らむだけだからやめた。アップルパイはいるか、と言われたがさすがに断った。どんな気持ちで食べればいいのかわからないし、下手したら元春の形見として腐るまで置いておきそうな気がしたから。

「でもすごいよね、瞳ちゃん。タイムトラベルなんてさ、今や時の人だもん。でも、そっか。瞳ちゃんは年取ってないわけだからもう俺の方が年上ってこと？」

変な感じだね、と笑いながら駅へ向かう彼の背中について歩く。

品川駅の改札前で、元春が瞳に向かい合って言った。

「俺ね、瞳ちゃんがいなくなってから四年、まともに彼女出来なくってさ。瞳ちゃんにすごく助けられてたんだって実感したんだ。だからありがと。幸せになってね」

元春なりに瞳を励ますために教えてくれたのだろうと思う。きっと本当に四年はのらりくらりしながら、時折瞳のことを思い出して、少し感傷的になってくれたこともあったのかもしれない。

　けれどそれは瞳にしてみれば、トドメの一撃だった。四年も交際していたというのに結婚のけの字も出なかった瞳とは裏腹に、今の女とは一年満たずに結婚を決めてしまえたのだ。失恋の原因をあの事故へ責任転嫁する道すらも完全に塞がれてしまった。

「元春も、幸せにね」

　声が震えていた。此《こ》の期《ご》に及んでまだ、往生際の良い年上女を演じている自分に心底嫌気が差す。本当に投げかけたかった言葉は、そんな綺麗な別れセリフなんかではない。

　どうして待っていてくれなかったの？　彼女と私、何がそんなに違っていたの？　あの時の言葉は全部嘘だったの？　嘘でもいい、そばにいて。お願いだから捨てないで。まだ愛してる。もう一度愛してるって言ってよ！

　改札をくぐる元春に手を振りながら、瞳は唇を嚙み締めて堪えていた。一度も振り返ることなくホームの階段を降りていく元春に、見えなくなる最後の瞬間まで何かを期待していたが、何も起きなかった。

　これで終わりか、と振った手を下ろしながらその呆気なさに、夢の終わりと似た感情を覚えた。今の今までそばにいたはずなのに、離れた瞬間生きる世界をきっちりと分断されてしまったみたいに。諦め切れずに目をつぶり直しても、その続きはもう見られない。その先に続くのは、さっきとは全く別の世界の物語だ。

瞳は地面にくっついた足を引き剝がすように来た道を戻る。

事故の後、静岡の実家に帰り、その翌日には即日入居可能の物件に片っ端から連絡をして品川駅のほど近くにあるマンスリーマンション「ショパン品川」に入居した。家具は一式揃っているし、実家に置いてあった段ボールをそのまま送り直して逃げ込むように暮らし始めた。定期預金を崩せば半年は問題なく暮らせるだろう。とはいえ仕事はすぐにでも見つけなければならなかった。アルバイトでも何でもいいから、とは思うものの、結局会社のブランドや立地で選んでしまうのは、捨て切れないボロボロのプライドを無意識に補おうとしているからなのかもしれない。

品川駅の高輪口から柘榴坂《ざくろざか》を真っ直ぐ進み、グランドプリンスホテルを右に曲がった先で見覚えのある顔が目に飛び込んできた。

彼は道の途中に屈《かが》み、足元に置いた大きな革のボストンバッグの中を弄《まさぐ》っている。

なぜか瞳は彼を見た瞬間、助かった、と思った。元春と駅で別れてから、自分の周りだけ空気がどんどん薄まっていき危うく窒息しかけたところに、新たに吹き抜ける風の如く彼が現れたのだ。

「晟生くん……だよね？」

思わず駆け寄って声をかけていた。今彼に話しかけなければ死ぬ、と思った。

晟生は瞳の方を振り返るなり、慌ててバッグを閉めて立ち上がった。

「……悪いんだけど、今ちょっと緊急事態で。少し付き合ってくれませんか？」

西日に赤く顔を染めた晟生の腕を唐突に掴んで、瞳は切願した。

戸惑う彼に拒否権など一切与えずに。

*

緊急事態だと言われて無理やり連れてこられたのは、大衆居酒屋だった。店の入り口は透明の遮熱シートで覆われ、外にはビールケースを椅子にしたテラス席が設けられている。

こうした酒場に来ること自体、晟生は初めてだった。周囲を見回し控えめに言って辟易《へきえき》した。バカみたいに騒ぎたて、オチもなければ辻褄《つじつま》も合っていない話に周りは笑い転げる。理解が出来ない。どうしてこんな無駄な時間を過ごしていられるのか。

五杯目の梅サワーを通りがかりの店員に注文した瞳は、ビールケースの上でぐらりと体を揺らした。倒れるのかと思って身構えたが、瞳は自ら体勢を持ち直して机の上に肘を立てた。テラス席は冷房が届かないが、代わりに夏の夜風が瞳の長い髪を揺らして通り過ぎていく。

これを緊急事態だと言うなら、日常のありとあらゆることが緊急事態になるだろう。騙《だま》された、と思った。しかし、あの時は断りようもなかった。あんな目で切願されたら、どんな悪人でも立ち話くらい聞いてやろうという気になるのではないか。

「あ、そうだ、結婚式よかったら来る？……なあによ、それ！　よくもまあ私の前でそんなこと言えるわよねぇ？　そう思うでしょう？　晟生くん！」

呂律《ろれつ》の回らなくなった瞳を見ながら、女性と二人で食事をするのはこれが初めてであることに気づいた。さすがに初デートにはカウントしたくないな、と密《ひそ》かに思考する。

はじめこそ瞳の仕事を探さなければいけない、という内容の話を一方的に聞かされていたのだけれど、時間が経ち、酒が回るにつれ、話題は別れたばかりの元彼への愚痴に切り替わった。多分彼女の言っていた〝緊急事態〟の本題はこっちだったのだろう。なんて人騒がせな女だ。晟生はジョッキに注がれたアイスコーヒーを飲みながら、黙ってここから抜け出す策を練っていた。

「そりゃあ五年も彼女が不在にしてたら別の女の一人や二人出来るのも仕方ないとは思うわよ？　でもねえ、もっと言い方があるでしょって。清々《すがすが》しい顔しちゃってさ、あーあクソ男！　絶対幸せになんかさせてたまるかぁ！　私が幸せになるまで幸せになるな――――っ！」

ジョッキを天高く掲げながらデモ隊の隊長のように、瞳は声を荒らげた。

「あの島倉さん、さすがに飲み過ぎなのでは……」

心配というよりは、相手の羞恥心を疑って声をかけた。

「島倉ぁ？　瞳って名前で呼びなさいよぉ！　年下のくせに生意気なこと言っちゃってぇ！　ほら、晟生、あんたも飲みなさいよぉ！」

ちょうどよく運ばれてきた梅サワーを、無理やり晟生に押しつけながら瞳は言った。

店員に頼んでお冷を持ってきてもらい、彼女の前に置く。酒と同じジョッキで来たせいか、彼女はそれを酒だと思い込んで飲み干した。

しばらくして、ようやく熱が冷めてきた瞳が思い出したように尋ねてきた。

「ねえ、晟生くんは彼女いないの？」

「いません」

「いつから？」

「それ、答える必要ありますか？」

「あ、もしかして年齢イコールいない歴の人？」

晟生が黙っていると、図星だ！　と勝ち誇ったように瞳は顔をニヤつかせた。

帰りますよ、と晟生が腰を上げると、慌ててごめんごめん、とひれ伏すように謝ってくる。

「私だってさ、えらそうなこと言えないのよ。結局本当に愛された試しなんかないし。ダメンズばっかり選んじゃって」

前髪をかきあげ、そのまま頬杖《ほおづえ》をついてふうっと溜息を漏らす瞳。案外、瞳なりに真剣に悩んでいるのかもしれないと晟生は思った。時折見せる悲壮な横顔が、いつか見た誰かの泣き顔とよく似ていたからだ。もし彼もこんな風に自分に向けて気持ちを発散してくれていたなら、一人寂しくシャボン玉を吹くような光景を見ずに済んだかもしれないのに。

「ダメな男を選ぶ女は、やっぱりダメな女なんだと思います」

そう口にすると瞳は目を丸くして、それから思い切り眉間にシワを寄せた。悪気どころか、晟生なりに悩み相談に乗ってあげたつもりだった。

「……結構痛烈なこと言ってくれるじゃない。どういう意味よ」

ワントーン声を下げ、目を細めて不服そうな瞳が唇を尖《とが》らせる。

「相手に委ね過ぎていたのではないですか？　……瞳さんが」

女性を下の名前で呼ぶのには少し抵抗があったが、また絡まれても面倒なので意を決して口にした。

けれど瞳は、気にすることもなく「委ね過ぎた？」と首を傾げた。

「きっと瞳さんは自分を必要としてくれる人が欲しかっただけなんです。自分に自信がない、もっと必要とされたい、だから依存する、尽くす。そうすることで自己承認欲求を満たしていた。俗にいうダメ女の典型です。弱い人間は誰かに必要とされなければ生きていけないのでしょう。ただ、瞳さんは自分に自信がないあまりに全てを相手に委ね過ぎているのが良くないのです。自分に自信を持って対等に接する。お互いに認め合う。彼はあなたの所有物ではありません。理解して、彼の幸せを願えるようになれば楽になると思いますよ」

つい客観的に分析した意見を述べると、瞳はすっかりいじけてしまった。

「……自分に自信がないのは昔からだから、今更どうにも出来ないわ」

「そんなことはないと思います」

「どうして、そう言い切れるの？」

「人と比べるから自信がなくなるんです。けれど全く別の姿形、人生を歩んできた人と自分を比べることに何の意味があるのでしょうか。そこからは何も生まれないことをまずは理解する。自分のライバルは他人ではなく、理想の自分の姿であるべきです。自分を愛せない人間に、本当に誰かを愛することは出来ないと思います。そういう人の愛は、結局こんな自分を認めてほしいという自己欲求なんです。だから、もっと自分に自信を持ってください」

でもそんな簡単に自分に自信なんて持てないわ、と瞳はふてくされたように呟く。

「自分に自信を持つ方法は簡単です。今までやったことのないことをやってみればいいんです。出来ないを出来るに変えていく。趣味でも、行ったことのない場所に行ってみるのでもいいです。体験や経験というものは必ず己の自信に繋がります」

何を真面目に答えているのかと、急に気恥ずかしくなる。晟生は紛らわすように目の間に置かれていた梅サワーを口にした。酒はあまり得意ではない。飲む機会もなかったが、味はなかなか美味《おい》しかった。酸味と炭酸の爽やかな喉越しが夏の蒸し暑さにぴったりだ。

また反論されるかと思ったが、それ以上追求されることはなかった。もしかしたら何かを察したのかもしれない。

代わりに彼女は、晟生くんって思ってたより優しいんだね、と言って口元を緩ませた。

「ねえ、晟生くんさぁ」

机に身を乗り出してきたかと思うと、瞳はいきなり晟生のかけていたメガネを奪い取った。やっぱり晟生くん絶対コンタクトの方がいいよ、と満足そうに深く頷く。

「別に人にどう思われようが、どうでもいいです」

顔のぼやけた瞳に向かって晟生はメガネを返すよう手のひらを差し出す。

「人にどう思われてもいいけど、自分を磨いてあげられるのは自分だけだよ？」とメガネを返してきた。

返答に困っていると、瞳は長い髪を手ぐしで一つに纏《まと》め、腕に引っ掛けていたゴムで結いながら、「実はね、」と呟いた。

ノースリーブの袖口から汗ばんだ肌が覗いて、何か見てはいけないものを見てしまったようで目を背ける。

「彼の結婚式の日って、私と彼が付き合い始めた日なの。付き合ってた時からまともに祝った試しなんかないし、そんなに気にしてたわけじゃないんだけど。彼の結婚式が私たちの記念日ってもう仕組まれたとしか思えなくて。もちろんただの偶然なんだろうけど、一月五日はこれから、私との記念日じゃなくて、結婚記念日になるんだなって。そう思ったら余計、自分の存在がわからなくなっちゃって」

肩を竦めて無理やり微笑《ほほえ》む瞳に、晟生は困惑した。ほとんど赤の他人でしかない彼女の失恋話に何を同情しているのか。きっと、慣れない酒を飲んでしまったせいだ。

「なんかごめんね。いきなり連れ出してこんな話ばっかり。こう見えて普段は、バカみたいに人に気を使っちゃう性質なの。でもなぜか、晟生くんには素の自分でいられた。ありがと、すごく助かった」

いえ別に、と呟きながら、晟生は今までに感じたことのない鼓動の乱れを感じていた。

「ねえ、また飲みに誘ってもいいかな？　あ、連絡先教えてよ！　今、ワン切りしてもいい？」

酒のせいか、晟生は断りきれずスマホの番号と、ほとんど使っていないＬＩＮＥまで交換していた。瞳から謎のハニワのスタンプが届いた時には思わず苦笑してしまった。

こんな非生産的な時間を過ごしたのは久しぶりだ。自分らしくない。だが、案外悪くはなかった。帰り際、時計を見て思っていた以上に時間が過ぎていたことには少し驚いた。彼女を見ていると無性に息苦しくなる。同時に、なぜかもっと見ていたい不思議な気持ちになった。

瞳と別れ、晟生は復習するようにさっきまでのことを思い返しながら帰路に就く。取るに足らない内容ばかり、復習したって何一つ身にはならない。けれど瞳の表情、声色、仕草が蘇ってくる。スマホを開き、さっきのＬＩＮＥの画面を開いてみる。そう言えば何も返していなかった。何か一言返すべきだろうか。

今日はありがとうございました、というのも変な話だ。どちらかと言えば付き合わされたのは晟生の方なのだから。頑張ってください、というにも、もう結婚が決まってる彼に対して頑張りようもないだろう。こういう時に免疫のなさが出るのだな、と溜息をつく。気の利いた一言を返せるようになるには、それなりの経験が必要なのだろう。

アパートの前でふと顔を上げて、晟生は足を止めた。

誰もいないはずの晟生の部屋のベランダから明かりが漏れ出していたのだ。そよぐカーテンの奥から、青白い玉が次々と飛んでくる。宙を舞いゆっくりと降りてきたそれは、呆然《ぼうぜん》と立ち尽くす晟生の目の前で、パチンと弾けて消えた。

堰《せき》を切ったように階段を駆け上がり、晟生は震える手でドアノブを握りしめる。鍵はかかっていなかった。玄関先には見知らぬ男物の靴が置かれている。靴を脱ぎ、忍び込むようにリビングの扉を開けた。

ベランダに向かってシャボン玉を飛ばし続ける、フードを被った男が椅子に座っていた。男は晟生の帰宅に気づき、椅子ごとこちらに振り返ると、片方の口角を吊り上げて言った。

「よお、兄弟。……元気か？」

＊

真太郎のことを晟生はやはり覚えてはいなかった。まるで借りてきた猫のように、晟生はドアの奥で立ち尽くしている。

「あれ、顔赤いねぇ。もしかしてデート帰り？」

和ませてやるつもりが、晟生の表情はますます硬くなるだけだった。まあ仕方がない。留守に勝手に家に上がり込まれればそんな反応になって当然だ。

「何突っ立ってんのよ、ほら。君の家なんだから寛《くつろ》げばいいじゃない」

真太郎は、向かいに置かれたソファを指差した。ソファの上には分厚い本が積み重なり、さらに部屋中どこもかしこも電子機器で覆い尽くされている。勝手に忍び込んでおいてなんだが、この部屋はちょっと普通じゃない。

「それにしてもすっげぇ部屋だねぇ。配線だらけじゃん。こんな怪しげな機材集めて一体何企《たくら》んでんの？」

真太郎はベランダにシャボン玉の道具を置いて、再び振り返る。

「真太郎さん、でしたよね？　どうして僕の家に、というよりどうやって家の中に？」

大きなボストンバッグをぶら下げたまま、未だ警戒した様子で晟生が尋ねた。名前だけは覚えていたらしい。しかしそれは、あの電車に乗り合わせた乗客としてだろう。

真太郎が知っている晟生は〝真太郎さん〟なんて呼び方をしない。

「……君さぁ、本当に俺のこと覚えてないわけ？」

その問いに怪訝に眉を顰めた晟生が、まじまじと真太郎を見やる。

すぐにわからなくても無理はない。真太郎が最後に見た晟生はまだ十歳だった。十五年も経てばお互い見かけも変わる。真太郎ですら、似たような顔だとは思ったが、彼の名前を記事で知るまで確信出来なかったのだから。

「寂しいねぇ、同じ釜の飯食った仲なのに」

真太郎がそう嘆くと、晟生の顔色がたちまち変化した。

〝あいつ〟の弟だ。そこまで言えばすぐに気づくだろう。

「……真《しん》くん？」

遅ぇよ、と手を叩きながら真太郎は唇の端を引き上げた。

晟生と初めて出会ったのは、彼が三歳、真太郎は十一歳の頃。両親が事故死して真太郎が入居していた施設にやってきたのだ。晟生には真太郎と同い年の兄、陽生がいた。初めはいけ好かない奴《やつ》だと思っていた。生まれて間もなく施設に預けられ、親の顔も知らない真太郎にとって、僅かな期間でも親の愛情を受けたことのある奴らは皆、いけ好かなかった。

特にこんな風に親の不慮の事故で仕方なく預けられたような奴らはもっと気に入らなかった。そういう奴らは大抵、真太郎のように親に捨てられた子供を内心蔑み、哀れんでいるように見えた。

例えば、真太郎には出来ない親の自慢話や、形見なんかをわざわざ見せつけてきて、自分はこの中で特別なのだとでも言いたげに。バカバカしいと思う反面、羨ましいと思う気持ちは消えない。

いつしかその感情は憎しみに変わり、真太郎は施設内でも問題児として、たびたび警察の世話になるようになっていた。

二人が施設にやって来る日のことは噂《うわさ》で知っていた。けれどその日、真太郎は街で喧嘩をし、施設職員によって警察から連れ戻されてきたところだった。入居手続き中の陽生と目が合った時、真太郎は職員の腕を振りほどき、陽生の胸ぐらに掴みかかって言い放った。

「見てんじゃねえよ、クソガキが」

こうすれば大抵の奴らは真太郎を怖がり、近づいてこなくなる。舐《な》められたくなかった。自分と同い年になるまで親の愛情を受けてきたやつなんかに。

けれど、陽生は他の奴らとは違っていた。

翌日、陽生は一人で真太郎の所にやってくると「強くなりたい」と言ったのだ。

大切なものを守れるだけの力が欲しい。今のままじゃだめだ。俺が強くなって弟を守りたい。だから、強くなる方法を教えてほしい。

陽生の真っ直ぐな目を前にして初めて、真太郎は〝強さ〟の意味をはき違えていたことに気づいた。無差別に周囲を切りつけていた真太郎の歪んだ心のナイフは、誰かを切りつけるためではなく、誰かを守るためにあるべきなのだと。

それから真太郎の生活は一変した。むやみやたらに誰かを傷つけるだけの喧嘩はしなくなった。いつしか真太郎と陽生は、周囲も認める大親友となり、十八歳でお互い施設を出るその日まで、毎日一緒に時間を過ごした。陽生は弟の晟生を何よりも可愛がっていて、いつしか真太郎までが本当の弟のように世話を焼くようになっていた。男同士意見の対立があれば喧嘩もしたし、殴り合いもあった。大抵力では真太郎が勝ったが、頭脳勝負では一度も陽生に勝てた試しはない。陽生にはある夢があり、そのためにいつも必死で勉強していたから。

正直、初めてその夢を打ち明けられた時、実現は不可能だろうと思った。しかし陽生は諦めなかった。真太郎が問題点をあげれば、翌週には改善案をまとめてきて、次々にアイディアを生み出した。彼の目はいつも真剣で、夢の叶《かな》う未来を真っ直ぐに見据えていた。いつしか真太郎もその夢が叶うと信じて疑わなくなっていった。

十八歳でお互い施設を出る時、二人はある約束をした。

【今度会う時はお互い、夢を叶えた後だ】と。

金持ちになること、その夢を陽生はバカにしなかった。

預金がとうに億を超えている真太郎は夢を叶えたと言えるだろう。あとはさらに金を溜めつつ、陽生の夢が叶うのを待つだけだった。

彼の夢が叶う時、それはたちまち世界を巻き込む大ニュースになる。だからどこにいてもすぐに気づくはずだと、真太郎は信じて今日まで待ち続けてきたのだ。

「晟生、君は昔っから甘ったれだったからどうせまだ、兄貴と住んでんだろ？　施設出て、十五年も会ってなかったからさぁ、君があの晟生だってわかった時は興奮して叫んじゃったよねぇ」

懐かしい記憶の数々を思い出しながら、真太郎は思わず顔をニヤつかせた。

「あれも君たちの仕業だったんでしょ？」

黙って俯いていた晟生が、小さく「何がですか」と呟く。

「何ってタイムトラベルだよ。あの事故に偶然晟生が乗り合わせてるなんてどう考えてもおかしいでしょう」

「僕は、何も……」

「またまたぁ、俺に隠し事しようったって無駄よ。君たちのことは誰よりわかってるからね。ところで陽生はいつ帰ってくんの？」

晟生は黙り込んだ。口をぐっと結んで何かを堪えているみたいに。

「ねえ、陽せ……」

「……兄は、死にました」

言葉の意味を理解するのに時間がかかった。

冗談でしょ、と肩を竦めておどけてみせる真太郎を見ることもなく、晟生は静かに首を横に振った。

陽生が死んだ。真太郎との再会を果たすこともなく。

そんな現実が起こり得ることを考えてもみなかった。肺に穴が空いたみたいにうまく呼吸が出来ない。

心不全で二十九歳で逝った、と晟生は教えてくれた。あの事故よりも四年も前の話だ。四年前自分が何をしていたかなんて思い出せない。葬式にも顔を出せなかった。この世界で唯一、血の繋がり以上の固い絆《きずな》で結ばれていたはずの陽生が死んだというのに。

「……そっか、あいつ死んだか」

実感はなかった。脳裏に蘇るまだ十八歳の眩《まぶ》しいその笑顔には、死の予兆など微塵も感じられなかった。

放心する真太郎に、晟生がキッチンからコーヒーを運んできた。突然押しかけたにも関わらず、とりあえず受け入れてくれたようだった。

真太郎はそんな晟生の姿をぼんやりと目で追っていた。改めて大きくなったな、と思う。尖った鼻先と肌の白さが目立つ横顔に陽生の面影が滲《にじ》んでいる。けれど、陽生が持ち合わせていた内面の明るさは、晟生には何一つ受け継がれていないみたいだ。いや、昔の晟生はよく笑う可愛い弟分だった。きっと最愛の兄の死が彼の心を黒く塗り潰してしまったのだろう。

晟生はテーブルの上の機材を片付け、香ばしい香りのコーヒーを真太郎の前に差し出す。自分の分も置いて、ソファの空いている隙間に浅く腰をかけた。

スティックシュガーを一本と半分。そんな細かな拘《こだわ》りはやはり陽生そっくりだった。陽生も細かな所で変な拘りをいくつも持っていた。

小学生の頃、施設では時折、好きなお菓子を買ってよいと五百円玉が配られる機会があった。真太郎がその五百円で迷わずスクラッチ宝くじを買うのに対して、陽生は一円も残さずぴったりと五百円を使い切れるようにお菓子を選ぶのだった。小学生ながらに変なやつだな、と言うと陽生は、「お前も平均から3シグマ以上ずれてるよ」と言った。

意味がわからず聞き返した。要は〝お前も変わり者だ〟という意味の数学者ジョークだったらしい。

真太郎は用意された砂糖を断って、ブラックのまま口をつけた。舌触りの滑らかな美味いコーヒーだった。心を落ち着けたい時、陽生も若い時からよく飲んでいたな、などと辛気臭く想起してしまう自分が情けない。

晟生の淹れたコーヒーが、真太郎の動揺をほんの少し癒《いや》してくれた。

「じゃあ今回の事故、本当に晟生の仕業じゃないんだ？」

自宅だというのに、ソファの上できちりと膝を合わせて晟生は頷いた。

「さすがにベテルギウスの超新星爆発を引き起こすなんて、僕に出来るわけがないじゃないですか」

「じゃあ、あれは本当に偶然？」

晟生は再び頷いたが、まだ何かあるのか口元をもごつかせた。

「晟生、君何か隠してるでしょ？」

前屈《まえかが》みになって晟生の顔を覗き込む。すると晟生は徐に立ち上がり、リビングのドア横に置きっぱなしになっていた革のボストンバッグを持ってきた。

そういえば、あの事故の日も、研究室でも、晟生はこれを肌身離さず持っていた。まさか陽生の頭蓋骨でも持ち歩いているんじゃ、と思わず身構えたが中身はそんなものではなかった。

そしてそれを見せながら晟生は、真太郎にある秘密を打ち明けた。

「あの日、あの電車が未来に飛ぶことを、僕は知っていました」

無意識なのだろうが、晟生はメガネの奥でいつか夢を語っていた陽生と同じ目をしていた。

三章　高輪ゲートウェイ駅の秘密

タレントの不倫スキャンダルによって、昴たちの事故はいつの間にか注目を失っていた。案外どうでもいいことで、世の中の悲劇や感動は風化していくのだと改めて実感する。

秋分の日を過ぎてもまだ、夏の暑さは止《とど》まるところを知らなかった。つい先日、埼玉の一部地域では気温が三十五度を超えたというニュースを耳にしたばかりだ。

昴の母親は、五年経っても相変わらずだった。事故後家に帰ってきた時、自分の部屋に見知らぬ男の私物があると思ったら、どうやら息子の不在を利用して彼氏を実家に住まわせていたらしい。昴の帰還で慌てて出て行った彼氏を追いかけるようにして母親もほとんど帰ってこなくなった。あの涙はなんだったのかと思うほど、たくましい母親だ。別に今更恨めしくも思わない。

そして再び「Bel Momento」で勤め始めた昴は、ろくに休みも取らずに働き詰めの生活を送っていた。ロッカーに入れたままだった制服をそのまま残しておいてくれた店長は、昴の帰りを信じて待っていてくれたのだという。

今はただ、一人の時間を極力減らしたかった。少しでも無防備にしている時間があると、真夏のことばかり考えてしまうからだ。踠《もが》いてどうにかなるならいい。けれど死んでしまった相手に出来ることは皆無で、ただ行き場のない絶望に打ちひしがれるだけだった。

真夏のいない職場にも、いつか少しずつ慣れていくのだろうか。鍋を振るっている時、カップルの客を見た時、まかない飯を食べている途中、ロッカーで着替えながら、真夏の面影に苛《さいな》まれた。

時折週刊誌の記者が、事故のその後についてあれこれと質問をしに店までやってきたが、真夏のことは誰にも話さなかった。某タレントのような悲劇のラブロマンスのネタになどされたくはなかったのだ。

午後一時を回り、退勤時間が迫っていた。キッチンで洗い物をしつつ、新規客のメニューを取りにホールに出る。

「昴くんじゃない？　え、ここで働いてるの？」

まともに客の顔を見ていなかった昴は、そう声をかけられて初めて顔を上げた。一番奥の四人掛けテーブル席に座っていたのは瞳だった。向かいに座っているのは、同じくあの電車に乗っていた晟生だ。今日も大きなボストンバッグを椅子の上に乗せていた。

なぜこの二人が一緒にいるのか。一気に入ってきた情報に頭を混乱させながら、昴は二人を交互に見やった。やがて瞳は顔の前で「あ、違う違う」と片手を横に振った。どうやら昴が二人の関係を疑っていると思ったらしい。

「わけあって、飲み友になったの。この辺で美味しいパスタ屋さんがあるって聞いてね、まさか昴くんが働いてるお店だったなんてびっくり！　やっぱり私たち皆、縁があるのかもしれないわね」

瞳の方はすでにどこかで飲んできているのか、言葉尻が軽やかに跳ねていた。二人がどういう関係でも昴には関係ないが、晟生の様子からするに瞳に強引に連れ出されたのだろう。二人のテンションが真反対で、客観的に見ても違和感は拭いきれなかった。

瞳がミートソーススパゲティと白ワイン、晟生がペペロンチーノとホットコーヒーを注文し、ドリンクを運んだところで店長から退勤時間だと告げられた。瞳たちの目の前でという時点で嫌な予感はしていたのだ。

え、昴くん上がりなの？　じゃあ三人で飲もうよ！　と瞳は目を輝かせた。

やはり酔っている。終電を言い訳にしたが、それならば始発までという柔軟な提案で、瞳は昴を隣の席へ強引に座らせた。前に会った時はもっと大人な振る舞いをする女性かと思ったが、酒のせいか今日は何だか人が変わったみたいに弾けている。

そんな押し問答をしている最中も、晟生は淡々とコーヒーにスティックシュガーを一本半入れ、優雅に掻き回していた。

もう腹をくくるしかない。自らビールを注いできて、乾杯をした。

今日二人で飲んでいたのは、瞳の再就職が決まったお祝いだったらしい。とはいえ単に瞳が晟生を呼びつけたのは変わりないみたいだ。出されたパスタを大絶賛しながら、瞳が再就職先は花屋なのだと話した。

「もう人目ばかり気にして生きるのはやめたくて。あの事故も何か意味があるとするなら、これを機にもっと自分に自信を持って内面からいい女になってやろうって。ほら、花は誰が一番だなんて争わないって、そんな歌詞があるじゃない？　私もそれ、見習おうと思ってね」

そう言って瞳は何やら晟生に目配せをした。その言葉に昴の心は一気に曇った。彼女はこの未来を前向きに受け入れようとしている。昴は裏切られたような気がした。

研究室で彼女が訴えていた、過去に戻りたい、という願いはそんな簡単に切り替えられるものだったのだろうか。少なくとも昴は安易に同調したわけではない。あの事故に何か意味がある？　これを機に？　何を言ってるんだ。あんな事故に意味があってたまるか。真夏との別れに意味などあってたまるか。今だってもし戻れるならこの瞬間にでも、と思う。時間が解決するなんて、それは単に時間が解決するようなレベルの悩みしか抱えていなかっただけの話だ。昴の時間はあの事故の日から止まったまま、永遠に秒針を失った時計のようにポツンと心の中に掲げられ続けるのだろう。

「俺は、今でも戻りたいです。まだ諦めていません」

二人が顔を上げて昴を見つめた。

「いつか遠い未来にタイムマシンが出来たらきっと、いや必ず、俺は元いた場所に戻ります」

ビールグラスを強く握りしめ、昴は言った。

「昴くんは、どうしてそんなに戻りたいの？」

聞かれて、素直に答えるべきか迷った。答えたところで、瞳に解決できる問題ではない。気の毒に、と同情されてもそれで真夏が帰ってくるわけではないのだ。

「彼女、ですか？」と斜め正面に座った晟生がふいに口を開いた。

まさか彼に言い当てられるとは思わずに、どうしてと口走る。

の「あの日、電車でお見かけしたので」

言われて思い出した。あの日、真夏と口論しているところを晟生に見られていたのだ。見られていたのならあえて嘘をつく必要もない。観念して昴は小さく頷いた。

「もしかして彼女に新しい彼氏でも出来てたの？　それなら私も同じよ。しかもその元彼、結婚するんだって。でも晟生くんに言われたの。自分と切り離して、相手の幸せを願えるようになれば少しは楽になるって」

思わず苦笑した。もし真夏が他の男と幸せになっている未来だったなら、どんなに良かったか。二十五歳になった真夏をひと目でも見ることが出来たなら、自分の幸せなど喜んで葬り去っても構わない。生きてさえ、いてくれたなら――。

黙っている昴の横顔を、瞳が不思議そうに覗き込む。

「……彼女は死にました、俺がいない間に」

場の空気ががらりと一変するのがわかった。突然落ちてきた沈黙に店内に流れるBGMが大きくなったような気がする。しばらくして、瞳が小さくごめんなさい、と呟いたのが聞こえた。

「あの日、電車に乗るぎりぎりまで一緒にいたんです。もしあの時、あいつを追いかけて一緒に電車を降りていればばって、何度後悔したかわからない。俺の時間はこの先もずっと止まり続けたままです。この後悔は、俺がいつか過去に戻ってあいつにもう一度再会出来る時まで癒えることはないです」

最後に見た、泣きそうな真夏の顔が脳裏に蘇り、鈍い痛みが胸を襲った。

「……時間は、誰にも一定のものではありません」

ふいに、晟生が切り出した。

「時間は、物体の質量、スピードによっても変化します。例えば立ち止まっている人間と、新幹線に乗っている人間ではわずかに後者の方が未来に行っています。ウラシマ効果という現象で、動いている物体は止まっているものから見て、時間の流れが遅くなるのです。さらに重力が大きくなればなるほど、時間の進みは遅くなります。極限的に重力が大きくなるブラックホールの表面では、外から見て実際に時間はほぼ止まっている状態に見えます。要するに昴さんの心は今ブラックホールのようだ、ということですよね」

ほんのたとえ話のつもりが、ブラックホールに準《なぞら》えて返されるなどとは思いもしなかった。昴は圧倒されつつ辛《かろ》うじて頷く。

さらに晟生は理論上、人間が未来へタイムトラベルすることは可能だと言い切った。

「もちろん光速に近いスピードで走行出来る乗り物が開発されれば、の話ですが。例えば、宇宙は無重力ですが人間が暮らしやすいよう、宇宙船を加速させて生まれる慣性力を使い、宇宙船内を常に地球と同じ重力がかかるように九・八メートル毎秒ずつ加速したとします。徐々に光速に近づけながら五年、中間地点で帰還場所である地球を通り過ぎてしまわないよう減速を始めて五年の計十年、宇宙旅行をして地球に帰ってきた場合、地球では何年経っていると思いますか？」

十年後の地球に帰ってくるんじゃないの？　難しい顔をして瞳が言った。

「いえ、地球上ではすでに二十五年経っていることになります。もっと言えば、同じ条件で八十年の宇宙旅行をしてきて帰ってきた場合には、さらに光速に近づくため、戻ってきた時、地球では十八億年が経っていることになります」

「十八億年……？」

驚愕した。そんな未来にたどり着いたら、その時人間はどうなっているのだろうか。人間どころか、地球自体滅びてなくなっているかもしれない。

「じゃあ私たちはあの時、すごいスピードで未来にやってきたってこと？」

「それは違います。あの時僕たちは超新星爆発で生じた重力波か、もしくはそれに伴う莫大なエネルギーによって歪められた時空の中を通り抜けてしまったんです。それがワームホールです」

晟生はテーブルの端に置かれた紙ナプキンを一枚手にとって、ボールペンで真っ直ぐ線を引き、その端と端にそれぞれ点N、点Fを書いた。そしてそのNとFが重なり合うように紙ナプキンを折り曲げ、合わさった部分に箸を突き刺す。

「ワームホールによるタイムトラベルとは簡単に言えばこういうことです。この現在のN地点と未来のF地点が、時空が歪んだことによって重なり合い瞬間移動のように未来へやってきてしまう」

瞳が頭を抱えながら、首を傾げた。

「ちょっと難しくてわからないんだけど、それで過去に戻る方法はあるの？」

単刀直入に瞳が言う。

「一説によれば光速を超える物質が発見されれば、過去に戻ることが可能になるかもと言われています。が、光速を超える物質は恐らく今後も出てこないでしょう」

でも、と昴は話に割って入り、晟生の持っている紙ナプキンを指差して言った。

「そのNとFの入り口を逆に進むことは出来ないの？　FからNへ向かって入れば未来から過去に繋がることになるはずですよね？」

「不可能ではない、と思います」

やたらと詳しい晟生の正体が気になりながらも、気づけば昴は前のめりになって話を聞いていた。

「じゃあ過去には戻れる？」

「このあいだ研究員の方が話していたように、問題はいくつもあります。ワームホールというのはとても不安定なものだとされていて、それを安定化させるための物質が必要です。それに僕らが生きている間に時空を歪めるほど莫大なエネルギーを起こす天体ショーなんてこの先……」

そこまで言いかけて、突然、晟生は何か大変なことを思い出したかのように目を見開いた。

途端にボストンバッグを摑《つか》み取《と》って立ち上がると「すみません！　代金立て替えておいてください！」と言い残して晟生は店の外へと飛び出していった。

呆気にとられている間に、食べかけのパスタだけを残して晟生は消えた。

びっくりした、と瞳は呟く。

「やっぱ、彼ちょっとおかしいわ」

言葉とは裏腹に、瞳はなぜか嬉しそうだ。

過去に戻れるかもしれない。そう聞いた瞬間、昴はあまりの興奮にめまいを覚えた。

きっと晟生のいう可能性は、闇夜に針の穴を通すような、いや宇宙から投げたゴルフボールをホールインワンさせるような天文学的な確率であることはわかる。それでもゼロではない。靄《もや》がかっていた未来に、昴は初めて生きる希望の光が見えた気がした。

「ねえ、あの写真に写っている子って」

瞳の指差す方を見てみると、厨房の上に写真が貼り付けられたコルクボードが飾られていた。前にスタッフとバーベキューやスノーボードに行った時の写真だ。もう辞めてしまったスタッフも数多く写っている。その一枚に、昴の隣でスキーウェアに身を包み、笑顔でピースをしている真夏の姿があった。

「もしかして、あの子が彼女？」

明らかに距離感が近いせいで誰が見てもカップルにしか思えないのだろう。昴ははい、と頷く。

「昴くん、すごく幸せそう」

そう言われて改めて写真の中の自分に目を向ける。真夏に負けない満面の笑顔だ。無防備で、無垢《むく》で、この先もずっと、真夏の隣にいられると信じて疑わない表情をしていた。まさかあんな事故に巻き込まれ、離れ離れになるとも知らずに。

「根拠はないけど、昴くんならまたきっと、彼女に会えるような気がする。だって、見ただけでわかるもの。……二人の間の愛は本物なんだなって」

瞳は写真を見つめながら、なぜか切なげに呟いた。

＊

あなたを忘れないって意味なの、と瞳は胸に抱えた花束の花言葉を教えてくれた。「紫苑《しおん》」という名前の花らしい。小ぶりで真ん中が黄色、花びらが薄紫色をしたコスモスのような花で今がちょうど見頃なのだと言う。

真夏の墓参りをしたいという瞳を連れて、翌日やってきたのだ。真夏の墓の前で、瞳は丁寧にその花束を活けた。

「人が本当に死ぬのは、誰の記憶からも消えた時って言うじゃない？　だから生きている人間が覚えてさえいれば、彼女だって生きているのと同じだと思う」

そう言って瞳は、墓石の前で静かに手を合わせた。

さすがの真夏も瞳との関係を疑うことはないだろうと思ったし、真夏のことを考えてくれる人間がいることは思った以上に心強かった。会えない時間が長く続くと、朝目を覚ました時に、真夏との思い出の全てが夢だったのではないかと錯覚することがある。二度と会えない人を思い出すことは、夢を見ることと何が違うのだろう。過去が現実だったのかどうかも怪しくなってくる。けれど、忘れられない。何もかも忘れられない。あの事故の後からずっと、夢の中で鮮やかな恋をして目覚めた世界はいつも、瞼《まぶた》を閉じたような暗黒が広がっているだけだった。

墓参りを終え少し歩いていくと、その先には高輪ゲートウェイ駅の真新しい街並みが広がっている。近未来の象徴のようなそれを、昴は今でもちゃんと直視出来なかった。この世界のどこより真夏に遠い場所へ来てしまったような気になるからだ。

「ねえ、もし過去に戻れたら昴くんはどうするの？」

それはもう何度も脳内でシミュレーションしていることだった。

「真夏と一緒にあの電車を降ります。それで二度と彼女を一人にはしない。もし彼女が死んでしまう未来がきたとしても、俺はその時まで真夏のそばを離れない」

電車のドア越しに佇む真夏を、心の中で何度抱きしめたことか。こんな恋は、もう二度とない。だからこの後悔も色褪《いろあ》せることはない。昴は空の拳を強く握りしめた。

そっか、と瞳は切なげに頷く。

瞳さんは？　と尋ねると、瞳はから笑いを浮かべながら前髪をかきあげる。

「この間は酔っていたし、晟生くんの手前、前向きになんてかっこいいこと言ったけど。本当はね、今でも元春のこと忘れられないの。一人でいると、彼の帰りを待ってるのに気づくのよね。笑っちゃうでしょう」

自嘲しながら、瞳は肩を竦めてみせたが、全く笑えなかった。

「仕事はすぐ辞めるし、浮気性だし、ギャンブルもするし、貸したお金も返ってこないし、喧嘩すると物は壊すし、絵に描いたようなダメ男だったの。なのに思い出すのは、彼が奢《おご》ってくれたミートソーススパゲティとか、無防備に眠ってる寝顔とか、おかえりって抱きしめられた温《ぬく》もりとか。本当はまだ好きなのに、本人から面と向かって結婚するって聞いた時、何も言えなかった。私も大概ダメ女ね。あんなダメ男ですら忘れられないいんだから、昴くんなんてもっと辛いよね」

昴は黙って話を聞いていた。瞳の気持ちが今の昴には痛いほどわかる。人は時々馬鹿者に成り下がってでも、どうしようもない恋をするのだ。叶わないとわかっていても、どんなに滑稽で哀れで醜くても、思い続けるしかない恋ほど、愛しい。

「……だから私、きっとこの駅のこと、ずっと許せないかもしれない」

高輪ゲートウェイ駅前まで来て、瞳はそう言って苦笑した。

昴は瞳と同じように駅を見上げた。日本の折り紙や障子をモチーフにしたという近未来的でありながら、木材を多く使用した和の温もりに溢れるその駅は、これから東京の新しい顔として、未来を照らしていくのだろう。

「俺もきっと、ずっと許せないです」

昴はそっと目を伏せて呟いた。けれど心のどこかで瞳のことを羨ましいと思っている自分も存在していた。瞳の元彼はまだ生きているからだ。

もし自分なら、そう考えて昴は瞳の方を向き直った。

「やっぱり、ちゃんと伝えに行きませんか？」

瞳がきょとんとした顔を向ける。

「今の気持ち、その彼にちゃんと伝えた方がいいですよ。無駄だとしても、やっぱりまだ好きだってこと、せめて伝えた方が」

そんなことしたって無駄よ、と瞳は俯きながら首を横に振る。

「無駄だったとしても、俺なら伝えたいです。大好きだったって、君のおかげで幸せだったって、だから幸せな未来を歩んでほしいって、俺の隣じゃなかったとしても。伝えられるうちに伝えないと、いなくなってから後悔したってもう、遅いんですよ」

言い終えて、つい感傷的になったことを謝罪した。人にはそれぞれの感情がある。だから何が正解かはわからない。あえて伝えない美学もあるだろう。でも伝えない選択肢が取れるのは、相手が生きている間だけだ。

「昴くん、……お願いがあるんだけど」

俯いていた瞳は顔を上げて言った。

「……ついてきてほしいの。私が途中で、逃げ出さないように」

瞳の背中を押したのはきっと、紫苑を活けてもらった真夏だったのかもしれないと昴は思った。

＊

蒲田のアパートの部屋には電気が灯《とも》っていた。元春がいるのか、外からではそこまでわからない。

昴についてきてもらってここまで来たものの、外から家の中の様子を窺《うかが》って足踏みしているのでは、ただのストーカーだ。思わず溜息が漏れる。

先のことはノープランだった。さすがに家のインターホンを押すのは気が引けるし、とはいえ、ずっとこうしているわけにもいかない。昴についてきてもらった手前、あまりぐだぐだしているのも申し訳ないな、と思っていた矢先、雨が降ってきた。もちろん二人とも傘なんて持ってきていない。

「近くのコンビニで傘買ってきますよ」

昴が駆けていくのを見送り、瞳はアパートから少し離れた所にある、誰もいないコインランドリーの日よけの下に身を寄せた。こんな時に雨に降られるなんて、ついていない。神様が帰れと諭しているのだろうか。

ハンカチで軽く体を拭く。雨は弱まるどころかさらに勢いを増し、やがて土砂降りになった。これでは昴もコンビニまでたどり着けないはずだ。とりあえずどこかで雨宿りでもしているだろう。

その時、誰かが頭の上をバッグで覆いながら雨の中を駆け抜けていく姿が視界に入った。一瞬にして瞳はその人物が誰だかわかってしまった。

「……元春!!」

突然名前を叫ばれ振り返った元春は、瞳を見つけ驚いて立ち止まった。バッグで頭を覆いながらこちらに向かって駆けてくる。傘代わりにしていたバッグの効果も虚《むな》しく全身ずぶ濡《ぬ》れになった元春は、襟足からポタポタと水滴を落としながら首を傾げた。

「瞳ちゃん！　どうしたの、こんなところで」

突然の土砂降りで辺りには人影もなく、日よけの下で瞳と元春は完全に二人きりだった。こうしてまた元春と面と向かって会ってみて、どんなに強がってみせても、瞳の根底にある気持ちは結局、変わらず一つだった。

〝それでも元春が好きだった〟

だからもう一度だけ、元春に自分の気持ちを伝えたかった。

「……元春のこと、待ってた」

瞳の言葉に、元春が目を瞬かせる。髪から睫毛《まつげ》へと垂れ流れる雫《しずく》に視線を送りながら瞳はもう一度言った。元春に会いたくて待っていた。

どういうこと？　と元春が尋ねる。ここまで言ってもわからないなんて、鈍感にもほどがある。が、そんなところすら瞳には愛しかった。

「……まだ、好きなの。忘れられない」

ようやく、元春の顔つきが変わった。彼は戸惑っていた。ずっと一緒に暮らしていたからわかる。この表情は彼が困った時に見せる表情だ。重たい女だと思われたくなくて、付き合っていた頃からこの表情を見るとそれ以上何も突っ込まなかった。

やっぱり今のなし！　と言って笑って、偶然近くを通っただけよ、と嘘をついてやり過ごしてしまおうかと思った。けれど昴の言葉や、昴の彼女のことを思い出すと、もう後に引くことはどうしても出来なかった。

しばらく口を開かなかった元春が、ふいに大きく頷いた。

「うん、ありがとう。嬉しいよ」

嬉しい、なんて言われるとは思いもよらずに、胸にささやかな高鳴りを感じたが、それは本当にほんの一瞬だった。次の瞬間、元春は雨の先に見えるあのアパートの方に視線を送り、呟くように「でも、ごめん」と言った。

こうなるのはわかっていた。わかっていてここに来たのだ。後悔をしたわけではない。ただ少し胸が痛いだけ。ただ少し、泣いてしまいそうなだけだった。

「瞳ちゃん、待っていてあげられなくてごめんね」

瞳は首を横に振った。そんなこと今更責めるつもりなんてない。

元春の濡れた指先が、瞳の髪に優しく触れる。瞳はぎゅっと目をつぶり彼の感触を身体中で噛み締めた。これで本当に最後なのだろうから。

「だけど忘れないよ、瞳ちゃんのこと」

出来ることなら、過去をやり直したい。もう一度あの日に戻れたら、残業なんてせずに帰っただろう。終電よりもっと前の電車に乗り込んで、普通に家に帰り、一緒にご飯を食べ、翌日あの事故を元春とテレビ越しに知るのだ。まるで映画の中の話を他《ひ》人《と》事《ごと》のように好き勝手に推理して、またいつもの日常を繰り返す。そんなありふれた幸せな時間を当たり前のように過ごすのだ。

けれど、それでも未来は今と同じようになっていたのではないか、と瞳は思っていた。あのまま瞳と付き合っていたとしても、元春はいつか職場で今の婚約者に出会う。元春のことだ。きっと瞳に隠れて密会し、瞳には感じられなかった本物の愛を、彼女の中に見つけてしまうのだろう。そして元春は瞳を捨てて、彼女を選ぶ。そんなもう一つの未来が、嫌でも透けて見えてしまうのだ。

ハッピーエンドのないこの恋の末路が虚しくて、ただひたすらに悲しかった。

雨が少し弱まり、ふと気づくと昴が傘を二本持って少し離れた場所に立っていた。きっと気を使ってくれたのだろう。

「ありがとう。ちゃんと気持ち伝えられてよかった」

かろうじて涙を見せず、元春に向き合って礼を言った。

「ほら、もう行って！　早く帰んないと風邪引くよ」

瞳は身を切る思いで元春の背中を押し、後ろめたそうに彼がアパートへ消えていくのを見届けた。

昴のもとへ駆け寄り、傘を差し出してくれた彼にごめんね、と謝る。

「伝えたよ。完全に吹っ切れたわけじゃないけど、昴くんが言ってくれなかったら、こうやってちゃんと伝えることも出来なかったから、感謝してる。ありがとう。すっかり雨に降られちゃったけどね」

そう言って肩を竦める瞳に、昴は安堵したようだった。それから彼は、手に持っていたスマホ画面にじっと視線を落とした。

「何かあったの？」

どこか吹っ切れた瞳は、昴の瞳にさす影に気づいた。

「……雨が降ると、いつも真夏から電話がかかってきたんです」

スマホを見つめたまま、昴はそう呟いた。

昴は彼女がいないとわかっていてもまだ、彼女からの電話を今も待っているのだろうか。

その横顔は切なげで、そして、その哀しみはきっとこれから一生、彼の人生から拭い去ることは出来ないのだと思うと、胸が締め付けられるようだった。

＊

「本当に、お前全然変わってないな」

大学の航空部で出会って以来、二十年来の親友である加《か》藤《とう》悟《さとる》と、事故後飲みに行くことが出来たのは九月の下旬だった。

あの事故の日も、勇作は直前まで加藤と大宮で飲んでいた。勇作にとってはほんの一ヶ月ぶりの再会だったが、加藤からすれば五年ぶりの再会ということになる。勇作が全然変わってないのも無理はない。

まあな、と言いながら挨拶代わりにビールジョッキをぶつけ合う。

久しぶりに、楽しいと思える時間だった。あれから依子は帰って来ず、会社でも明らかに一人浮いていて、自分がいなくても世界は円滑に回っている。その事実が勇作の心を日々抉《えぐ》っていた。

そんな殺伐とした日々に、親友と肩の力を抜いて語り合える時間はありがたかった。学生時代から酸いも甘いも共に体験した二人だからこそ、ここには無駄なプライドなど要らない。どんなにカッコ悪いことも、下品なことも、平気で口に出来てしまう仲だ。だからついいつも飲み過ぎ、あの事故に巻き込まれてしまったわけだけれど。

加藤と別れ、帰路に就いたのは日付が回った頃だった。酔ってはいたが、事故の日のように電車を乗り過ごすことはなかった。

家に帰ると、なぜか優季がリビングでテレビを見ていた。こんな夜遅くに実家に来るのは珍しい。優季はおかえり、遅かったねと振り返った。

「遅かったね、ってこんな時間に家で何してんだ」

私の実家なんだからいいでしょ別に、と優季は不服そうに唇を尖らせる。それはそうだが、こんな時間に家を空けて旦那は何も言わないのか、と喉まで出かかってやめた。勇作から旦那の話題に触れるのは、受け入れているようで癪《しゃく》だからだ。

「ちょっと喧嘩しちゃってさぁ」

どうせそんなことだろう。まさか結婚を認めてやる前に離婚だとか言い出すつもりだろうか。それはそれで何とも複雑な気分だった。そんな簡単に離婚出来る男と結婚したのかと思うと、なおさらに腹が立つ。

「そんなことでいちいち実家に帰っとったら、離婚するのも時間の問題だろうな」

わざと嫌味っぽく言ってやった。そうすることで反発してくるだろうと思った。優季はぽかんと口を開けて、違う違う、と首を横に振った。

「喧嘩したのは旦那じゃなくて、お母さんだよ」

意外だった。二人はいつも連《つる》んで仲良くしていたからだ。

「私ね、もう家に帰るようにお母さんに言ったの。でも帰らないって。本当に離婚になってもいいのかって聞いたら、私が言い出したんだからって。それで頭にきて喧嘩になったってわけ」

依子の決意はどうやら固いらしい。いまだ判も押せていない離婚届は勇作が預かったままだ。正直なところ、勇作はまだその判断を出来ずにいた。帰ってきた途端に勝手に出て行かれて、頭に来ることもあるが、それでも依子なしに、この先の人生を生きていく想像が出来なかった。男という生き物はいざという時に弱い。

優季は案外、母親だけの味方だというわけでもないらしい。紙一枚で他人になってしまう依子とは違い、優季との親子関係は死ぬまで続く。当事者たちよりも、一人娘である優季の方がこの状況を冷静に、かつ危機的に捉えているのかもしれない。家族をもう一度一つに出来るのは自分だけだ、と。

妊婦の娘にそんな心配をかけてしまっていたことを、素直に申し訳なく思った。だが、依子が帰ってこないのなら話を前に進めることも出来ない。勇作は返す言葉も見つからず、黙ったまま近くのソファに腰を落とし腕を組んだ。

「お母さん、お父さんがいなくなった時、本当に心配してた。夜も眠れないくらい心配して、食事もまともに取れなくて、お父さんには黙ってろって言われたけど、入院までしたんだよ」

思わず顔を上げる。そんなこと、もちろん知る由もなかった。

「事故から何週間経ってもお父さんの行方はわからないままで、でも会社のこともあるし、それからお母さん、何とかお父さんの会社を守ろうと必死で、でも慣れない営業もうまくいかなくて、だから私がまず印象を良くするためにせめて身なりくらいキチンとしてみたらって、メイクとか服とか教えてさ」

警察で身元引き受け人として依子がやって来た時、あまりの外見の変わりように、勇作は真っ先に妻の浮気を疑った。まさかそんな理由だとは想像もせず、さすがの勇作も自分の態度を反省する。

「それでもやっぱり、なかなか思うように経営も回らないし、そのせいで取引先も離れていくしで、八方塞がりだった頃にね、あの事故の被害者家族の会で、出会ったの。ある女の子に」

ある女の子？　勇作は首を傾げた。

「確か、佐野峯昴って子の彼女だったっていう子。彼の母親が一緒に連れてきたのよ。真夏ちゃんって言うの。私の一つ年上でね、その子がいつもうちのお母さんのことも明るく励ましてくれたの。きっと帰ってくるから大丈夫だって。私の彼は絶対、私を一人になんてしないからって。だからみんな引き連れてきっとすぐに帰ってくるって」

研究所で集まった時、勇作とはいっさい目を合わせなかった若い男だ。確か彼も過去に戻りたい、と口にしていたことを思い出す。もしかしたら彼も五年の歳月の中で彼女との関係がうまくいかなくなっていたのかもしれない。若い頃の恋愛なんてそんなものだ。音信不通の相手を五年間も待ってくれる彼女はそうそういないだろう。

「会社がいよいよ危ないって時に、ＤＮ重工の傘下に入れたのも実は、その子のおかげだったのよ。その子のお父様がそこの社長で、かけ合ってくれたみたい。もちろん、牧ソリューションの技術を買ってくれて参入出来たわけだけど、でも彼女がいなくて、私たちだけだったらそんな話さえ回ってもこなかった」

勝手に大企業の傘下に入ったとばかり思い込んで、怒りに駆られていた。

勇作はようやく、待っていた側の立場になって物を見つめ直すことが出来た。勇作にとってはほんの一瞬で過ぎ去った五年だったが、依子たちにとってみれば、帰ってくるのか、死んでしまったのかもわからず、不安に駆られ続けた五年だったのだ。

自分ばかり被害者ヅラしていたが、本当の被害者は待っていた側の人間なのかもしれない。終わりの見えない不安な時間は、永遠のように長く感じてしまうものだ。依子が怒るのも無理はない。まさかそんな縁でＤＮ重工と繋がっていたなんて、その真夏という子に礼をしなければならないだろう。しかし昴とすでに別れていたとしたら、と思うと複雑だった。

「……でもね真夏ちゃん、お父さんたちがいなくなった翌年の夏に、死んじゃったの」

え、と思わず声が漏れた。その瞬間、完全に酔いが覚め、その言葉を頭の中で何度も繰り返した。到底信じられなかった。優季と同じくらいの年の子が、そんなに若くして死ぬなんて。

勇作は昴のことを思い出さずにはいられなかった。過去に戻りたい──そう言っていた彼の願いは彼女の死と関係しているに違いなかった。

自分がいなくなっていた間に、彼女が死んでいた。その絶望は察するに余りある。突然の空白の月日の間に依子や優季が死んでいたら、考えただけで嗚咽《おえつ》が漏れそうだった。

「彼女、絶対帰ってくるって誰より信じてたのに、彼に会えもしなかった。本当に帰ってきたのに、……そんなのってある？」

優季は目に涙をいっぱいに浮かべ、ティッシュで拭った。

「だから、せっかく生きて帰ってきたのに、お父さんとお母さんには簡単に離婚なんてしてほしくないの。帰ってきて早々、お父さんがあんな態度で、お母さんが怒る気持ちはわかる。この際だから言うけど、あの事故の前から何度も、お母さんは離婚を考えたことがあったみたいだけど、それでも押しとどまってきたのは、やっぱり家族だからでしょ？　愛し合ってたからでしょ？……ねえ、お父さんはいいの、このまま で」

いいわけない。だが、いくら勇作が頑なに離婚届を出さずにいたところで、今、主導権はどう考えても依子の方にある。

勇作はただ、執行を今か今かと待つ、死刑囚に他ならなかった。

＊

突然晟生の家に押しかけて以来、真太郎は家に入り浸るようになった。新しい家を借りるまでと言い訳しているが、出て行く予定は今のところ全くない。陽生が使っていた部屋の居心地が頗《すこぶ》るいいのだ。晟生も陽生に免じて気が済むまでどうぞ、とそれ以上何も言わなかった。

その日、外から血相を変えて帰ってきた晟生を不思議に思い、真太郎は声をかけた。

「何、どうしちゃったのよ？」

晟生は慌ててＰＣを開き、その中から一つのファイルを探り出すと、データを紙にコピーしてテーブルの上に並べた。真太郎はコーヒー片手にそれを背後から覗き込む。

「……もしかしてそれって、お前が作った〝タイムマシン〟からの？」

晟生ははい、と頷いた。

「未来から届いた素粒子の情報を文字に変換したものです」

真太郎がここに押しかけた日、晟生は真太郎に全てを話してくれた。

あの事故の前日、晟生は世紀の大発明品を完成させていた。

人類が夢に見た〝タイムマシン〟だ。

これは晟生だけの力で作り出したものではない。陽生が人生をかけて作り上げたかった〝夢の装置〟だ。

映画やドラマのように人間そのものを過去や未来に送ることは出来ない。その装置は、ある一点に非常に強いエネルギーを集中させて重力を操り、時空を歪め小さなワームホールを生み出す機械だった。その人工ワームホールはあまりにも小さ過ぎて人間が通ることは出来ないが、素粒子ほどの小ささなら可能だ。

全ての情報は0か1の組み合わせだけで伝えることが出来る。使い慣れた電子メールなども原理としては同じだ。素粒子は自転するコマのように上向き、下向きにスピンする性質を持っており、その向きをモールス信号のように情報化することで未来からその装置を使ってメッセージを受信させる。タイムマシンというよりは〝未来データ送受信器〟という方が合っているかもしれない。

二〇一九年、高輪周辺で晟生は奇妙なものを発見したらしい。品川駅からほど近くで【埋蔵物調査発掘中】という看板を見つけ、数年前からその場所で何かを発掘しているということがわかった。気になってさらに調べてみると、驚くべきことに、その周囲で〝負のエネルギー〟と呼ばれる重力に反発するエネルギーが次々と生み出されていることがわかったのだ。

それは陽生と晟生が長年探し求めていた、ワームホールを完成させるために必要なエネルギー源だった。簡単にいえば、ワームホール内はブラックホール内と同等の強い重力下だと想定されている。仮にワームホールが誕生したとしてもその瞬間、時空の歪み《重力》に耐えきれずに押しつぶされ、すぐに消滅してしまうのだ。そこでそれに反発する負のエネルギーが、ワームホールを安定化させるのには必要不可欠だった。

負のエネルギー自体はカシミール効果と呼ばれる物理現象で存在は立証されているものの、そこで発生するエネルギーはほんの僅かでワームホールに応用するのは難しかった。負のエネルギーをどのように生み出すか、これがその装置を作る上で最大の難題だったと言っても過言ではない。

晟生はすぐさま高輪周囲のあらゆる場所で、未来データ送受信器のテストを行った。もし成功すれば、その未来データ送受信器の電源をONにした瞬間に未来から何らかのメッセージが届くはずだった。届いたデータは晟生のPCで情報処理がかけられ、メールのような形でそこに届く。そして、それはあの事故の前日の真夜中に起こった。

より強い負のエネルギーが建設途中の高輪ゲートウェイ駅と田町駅間の線路下付近から溢れ出していることを突き止めた晟生は、その日の深夜、終電後の線路上に忍び込み、装置を置いた。そして一旦離れ、工事中のバリケードの外から遠隔操作で未来データ送受信器の電源をONにしたのだ。

するとその瞬間、線路の方から甲高い金属音と共に、晟生のPCに未来からいくつかのメッセージが届いた。

キーボードを叩く手が震えたという。兄の夢であったタイムマシンをついに完成させてしまった歓喜。と同時に、とんでもないものを生み出してしまった恐怖のせいだろう。

メッセージは一部文字化けのようになり解読困難なものが多く、確認出来る言葉だけを繋ぎ合わせて何とか文章を構成していった。

その中には、ベテルギウスが超新星爆発を起こすこと。そしてその影響によって明日、京浜東北線の最終電車がワームホールをくぐり抜け、未来の高輪ゲートウェイ駅に飛ばされる、という嘘みたいな内容が含まれていた。これらは何度も同じメッセージが送られてきていたことで、重要性の高いメッセージだと晟生は判断したのだという。

届いたメッセージを全て確認し終えた晟生はひとつ大きな疑問を抱いた。

なぜか未来からのメッセージは二〇二五年二月四日以降のものが一切なかったのだ。

二〇二五年二月四日、一体何が起きたのか。

未来データ送受信器自体が壊れてしまったのか、はたまた晟生の身に何かが起きたのか——。

晟生は確かめたかった。確かめるにはメッセージにある電車に乗り込む必要があった。人間が通れるほどのワームホールの形成が実現するなんて半信半疑だったが、晟生は迷わなかった。

なぜなら晟生が本当に実現したかった陽生の夢の本来の目的は、未来データ送受信器を完成させた今も、叶えることが出来ていないからだ。今回の発明はまだ夢の第一歩に過ぎない。

そして晟生はあの電車に乗り込み、他乗客四名と共に、本当に未来にやってきた。

革のボストンバッグの中に忍ばせた未来データ送受信器を、大切に抱えて。

「この装置では、陽生の夢を叶えることは出来ないんです」

落ち着きを取り戻した晟生は、うな垂れるように椅子に腰を下ろし、背後に立っていた真太郎に向けて呟いた。

「陽生はタイムマシンを開発して過去に戻ることで、両親の交通事故を防ごうとしていました。それが陽生の夢の最大の目的だったことは、真くんもご存知だったと思いますが」

真太郎は壁に寄りかかりながら、黙って晟生の話を聞いていた。

「物心ついた時から、僕は陽生の装置作りを手伝っていました。正直両親のことなんてどうでもよかったです。こんなこと言ったら薄情者だと思われるかもしれないけれど、僕には両親との思い出はほとんどなかったですから。ただ、陽生の夢を一緒に叶えることが僕の生きがいだったんです。でも陽生は死んだ……その日から僕にも夢が出来ました。僕は、陽生をどうしても生き返らせたくて、装置作りを続けることにしたんです」

晟生はテーブルの上に並べていた紙を手に取り、くしゃりと手の中で握りつぶした。

これまで彼がこの装置に費やしてきた時間までもが、音を立てて潰されていくような気がした。

でも――と言いかけて、晟生はぎゅっと目をつぶる。

「……この装置では、装置が完成した二〇一九年一二月一七日以前の過去には戻れない」

未来の情報は当然、この送受信器を介して送られてくる。ということは、送受信器が完成した日以前の過去に何かを送ることは出来ないのだ。

しかし装置が完成すれば遠い未来、行き来自在のタイムマシンの技術が開発され、そのデータをこの装置を通し、現在の晟生が受信することで、陽生や両親の生きていた時代へ何らかのアクションを起こすことが可能になるかもしれない。

そう信じて、晟生はこの装置に全てをかけてきたのだろう。けれど、装置から送られてくるのは二〇二五年二月四日までの情報のみ。そんな近未来の情報の中には、陽生や両親が生きていた時代に戻ることの出来るタイムマシンの設計図など一切含まれていなかった。

「僕は、陽生の夢を叶えてあげられないかもしれない」

晟生は声を震わせながら言った。

「……それでも陽生は僕を許してくれるかな」

そう言って項垂《うなだ》れる晟生の頭を、真太郎は後ろから思い切り抱き寄せた。

今、抱きしめてやらなければならないと思った。陽生の代わりに。

「ばーか、当たり前だろ。陽生にとって君は、生まれた時から自慢の弟だよ。晟生がたとえ殺人犯になったとしても、あいつと俺だけは、永遠に君を許し続けるよ」

真太郎の腕の中で、晟生は唇を噛み締めていた。

陽生が死んでからずっと、晟生は誰に頼ることもなく一人で生きてきたのだろう。その時にそばにいてやれなかったことを、真太郎はひどく後悔していた。もっと早く陽生の死に気づけていたら。いや、陽生が死ぬ前に会いに来ていたら、もしかしたら未来は変わっていたのではないかと思うと居《い》た堪《たま》れなかった。

しかし真太郎の心配をよそに、晟生はゆっくりと真太郎の腕の中から離れ、そしてなぜか今日まで教えてくれなかったデータ送受信器が最後に送ってきたというメッセージの内容について口を開いた。

「話すべきか否か、ずっと悩んでいましたが」

そう言って晟生は、メッセージをコピーした一枚の紙を真太郎に見せた。

メッセージの日付は二〇二五年二月四日二一時一二分。データは文字化けしていて、晟生が解読出来たのは、この二つのワードだけだった。

【高輪ゲートウェイ】【流星群】

しかし、二〇二四年九月現在、二〇二五年二月四日に観測される流星群の情報はない。

このメッセージを見た時、晟生はあらゆる可能性を考えていた。

高輪ゲートウェイ、と書いてあるのは、未来の自分がそこからそれを観測していたのだろうと晟生は分析した。

例えばこの流星群、いや流星群のような何かによって、地球、もしくは少なくとも高輪ゲートウェイ駅周辺が壊滅状態になったとも考えられる。それによって晟生の身に何かが起きてメッセージを送ることが困難になれば、未来からメッセージが届かなくなった理由も説明がつくのだ。

もしその想定通りだったとしたら、東京が大パニックになることは間違いない。だから晟生は今日までこの話を誰にも漏らさなかったのだという。

なぜ今になって話したのかと真太郎が尋ねると、晟生は言った。

「別の可能性があると気がついたからです」

どうやら晟生は、さっきまであの事故の乗客だった瞳と食事をしていたらしい。そこで偶然その店で働いていた、同じく乗客の佐野峯昴と話す機会が出来たのだという。

真太郎ももちろん覚えている。

昴の話を聞いて、晟生は新たな可能性を思いつき、慌てて家に帰って来たと言った。

「真くん、もしかしたら僕……」

真太郎は晟生に視線を移した。

メガネの奥の目は充血していたが、晟生は珍しく興奮したような口調で言った。

「陽生の夢の代わりに、叶えてあげられる願いがあるかもしれない……」

＊

弱い犬ほどよく吠《ほ》える。晟生は勇作に会うたび、このことわざを思い出した。

「一体なんなんだよ、突然呼び出して。俺はなぁ暇じゃないんだぞ」

一〇月に入ってまもなく、昴の勤めるパスタ屋に勇作を呼び出したのは、ほかでもない晟生だ。その隣の席には真太郎が、その隣は早番でバイト終わりの昴が、晟生の隣の席には瞳が、それぞれのドリンクを片手に座っていた。

全員が顔を揃えたのは約二ヶ月ぶりだ。午後七時過ぎ。九月まで外に出ただけで額に汗がにじむほどの猛暑が続いていたにも関わらず、一〇月になった途端一気に肌寒くなった。異常気象というのは毎年繰り返す季節の変わり目の風物詩と化しているらしい。一番最後に作業着姿のまま到着した勇作は、相変わらず高圧的な態度でソファに腰を下ろした。

「まあまあおっちゃん、晟生に論破されたこと根に持つなよぉ。悪気はないんだからさぁ」

真太郎がわざとらしくそう揶揄《からか》うと、勇作はさらに不機嫌そうな顔をしてふん、と鼻を鳴らした。

「突然呼び出してしまって申し訳ありません。でも、どうしても皆さんにお集まりいただかなければならない事情があったので」

晟生は膝に手を置き、軽く頭を下げた。

「この間、突然飛び出していったことと何か関係があるの？」

隣で瞳が晟生の顔をしげしげと見つめながら言った。

「はい。それでまず皆さんに伝えておかなければならないことがあります」

そう言ってスティックシュガー一本と半分が入ったコーヒーを一口飲んでから、晟生は顔を上げた。

「僕はあの日、あの電車が未来に飛ばされることを知っていました」

一瞬の間があって真っ先に驚きの声をあげたのは瞳だ。続くように勇作が「どういうことだ？」と語気を荒らげる。昴はぽかんと口を開けたまま固まってしまい、唯一知っていた真太郎だけが片方の口角を吊り上げてニヤついていた。

「まさか全部お前の仕業だったのか⁉」

何をどう解釈したのか、勇作は今にも飛びかかってきそうな剣幕だ。

いいえ、そうではありません。と首を横に振る晟生に勇作は拍子抜けした顔で目を丸くした。

「知っていましたが、あれは僕が引き起こしたことではありません。僕はその情報を持っていただけのことです」

「で、でも、どうして未来のことなんてわかるの？」

困惑した様子で瞳が尋ねる。晟生は足元に置いていた革のボストンバッグを膝の上に置き、中から取り出した未来データ送受信器を彼らに見せた。きっと彼らには見たこともない謎の装置に見えたに違いない。しかし晟生の見立てでは、すでに知っている真太郎以外にもう一人、初見でこの用途がわかる人物がいると考えていた。

「なんだそれは。何かの受信器か」

そう言ったのは勇作だった。晟生は「はい」と頷く。

調べたところによると、勇作の経営する町工場では宇宙開発や深海調査で使われる精密部品の加工を手掛けていた。その技術力は国内トップクラスで、この五年の間にDN重工の傘下に入ったらしい。もちろん彼にとっては不本意な話だろうが、これから話す内容を考えればそれすらも必然だったかもしれないと思える。

勇作にしてみれば、この機械が何かを送受信するものくらいのことはわかって当然だろう。さすがにこれで未来からデータを受信出来るとは思ってもないだろうが。

「これは僕が開発した、一種のタイムマシンです。これを使えば未来からデータを受信することが出来ます。簡単にいえば重力変圧器のようなもので、この中では強いエネルギーを生み出し時空を歪めることが出来ます。それを利用して非常に小さな人工ワームホールを作り出し、データ化した素粒子を未来から過去へ飛ばすという仕組です」

まさか、と勇作は鼻で笑った。当然だ。こんなことを言われて簡単に信じられるわけもない。しかし晟生には彼らを必ず信じさせられる未来からのメッセージがあった。

晟生は同じボストンバッグの中からノートPCを取り出し、全員に見えるようにモニターを向ける。その日、ある宝くじ番号の当選発表が午後七時から生中継で動画配信されていた。自分で好きな番号を選ぶタイプの宝くじだ。一等当選額は一億円。そろそろ一等の当選番号が発表される時間帯だ。

（それでは参りましょう！　一等、当選番号は……）

画面の中の女性が透明な箱の中に手を入れ、中でランダムに蠢《うごめ》くボールを六つ、摑み取って書かれた番号を読み上げる。読み上げられる直前、晟生は一枚の宝くじを四人の前に差し出した。晟生が前日に数字を選んで購入した宝くじだ。晟生が選んだ番号は上から、54、43、5、38、47、21。

（では一番最初の数字は……、54番！　続いて43番！　続きまして……、5番！）

次々に当てられていく晟生の宝くじと照らし合わせながら、真太郎以外の三人の表情が徐々に強張っていくのがわかった。

（ラストは……21番！）

ただの紙切れだった晟生の宝くじは、その瞬間見事一億円の価値を持った。

「嘘みたい……」と放心状態の瞳が呟く。

「お前、一体何者なんだ……？」

勇作はさっきまでの威勢を失って後退《あとずさ》る。

晟生はＰＣの画面を閉じ、改めて口を開いた。

「僕の話を、聞く気になっていただけましたか」

勇作と昴が揃ってごくりと息を飲む。

「もしかしたら、過去に戻る方法があるかもしれないのです」

晟生のその言葉に、真っ先に反応を示したのは昴だった。

「過去に戻れるんですか⁉」

「絶対、とは言い切れません。でも、可能性はあると思います」

可能性があるなら教えてほしい、と昴はすぐさま切願した。

晟生は真太郎へした説明を端的に再び伝えた。

二〇二五年の二月四日を最後に未来からのメッセージが途絶えたこと。その原因を探るため、晟生はあの電車に乗って未来へやってきたこと。そして最後のメッセージに書いてあった内容についても。

そんな時期に流星群の予測なんてあったか、と勇作が首を傾げる。

「おっしゃる通り、そんな予測は今のところありません。おそらくこれは突発性のものか、もしくは流星群ではなく、流星群のような何かだった可能性が高いです」

何かってなんだよ、と勇作は眉を顰めた。

「わかりません、ただそのメッセージを最後に未来からの受信が途絶えた。この装置が壊れたのか、はたまたその流星群のようなものによって、東京、もしくは地球に壊滅的な被害が起きた可能性も想像しました」

「か、壊滅的な被害って？」

青ざめた顔をして瞳が口を手で覆う。

「これもあくまで想像ですが、僕の身に何かトラブルがあり、二〇二五年二月以降、データを送信出来ないような状況下になっていたとするなら、それも考えられるということです」

皆が揃って黙り込む。過去とか未来とか以上に、地球の存続にまで関わるかもしれない話をしたのだから無理もない。

ですが、と前置きをして晟生は間を繋ぐ。

「この間昴さんの話を聞いて、僕は新たな可能性を発見しました」

全員の視線が再び晟生に集まる。

「もし、この流星群のような何かによって二〇二五年二月四日、地球上に莫大なエネルギーが発生したと仮定します。それによって再びあの事故の日のようなワームホールが高輪ゲートウェイ駅付近に出現していたとしたら」

まさか、と勇作が口走る。

「あの電車に乗ってワームホールを抜けた時、潮汐力に僕らの体が引きちぎられずに済んだのは、この装置で車内の重力を多少でも調整出来たからだと思われます。つまり、もしもう一度ワームホールをくぐることになるなら、その時は、この装置もまた一緒に飛ばさなければなりません。もしこの装置がそのような経緯で二〇二五年二月四日の未来から過去に飛ばされていたとするなら、それより先の未来からメッセージが届かないことにも説明がつくのです」

「でも、そんなこと可能なの？」

信じられない、と顔に書いてある瞳が言う。

「僕たちが過去から未来に来た時のように、未来から過去へ繋がるワームホールが発生すれば不可能ではないかと。流星群のようなもの、とさっきお話しましたね。もしそれがただの流星群ではなく、高輪ゲートウェイ駅の遥《はる》か上空に発生したワームホールから降り注いだ何かだったとしたら、その影響を受けてそこにはまた事故の日と同等の莫大なエネルギーが発生する可能性があります」

どういうこと？　と昴が聞き返す。

「ベテルギウスの超新星爆発によって生じたワームホールが、あの事故の時のひとつだけだったなんて不自然だと思いませんか？　もし他にもワームホールが生じていたとして、そのうちの一つが二〇二五年二月四日二一時三分、仮にこの時間を〝F時地点〟と仮称して、そこで発生する可能性もゼロではないということです」

「でも、どうして高輪ゲートウェイ駅周辺ばかりなの？　事故の時もそうだったし」

不思議そうに瞳が首を傾げた。

「それは高輪ゲートウェイ駅の線路下に、ワームホールを安定化させる負のエネルギーを生み出す物質が埋まっているからです」

待て待て、と勇作が手のひらを晟生に向ける。

「まさかそれってエキゾチック物質のことか？　そんなもの理論上の話で実際には発見されてないはずだ」

「けれど実際に、高輪ゲートウェイ駅線路下には、負のエネルギーが発生している場所があります。地盤調査中に偶然、エキゾチック物質が含まれた古代隕石《いんせき》か何かが見つかったのだと僕は推測しています。だからこそ、僕たちは不安定なはずのワームホールを通過出来てしまった。僕の装置がデータを受信出来るのもそのエネルギーがあってこそです」

負のエネルギーがなければ、ワームホールが発生したとしても、その瞬間に消滅してしまう。だからこそ、負のエネルギーが発生する高輪ゲートウェイ駅周辺でだけ、ワームホールが実現出来たのだ。

「二〇二五年二月四日F時、再び高輪ゲートウェイ駅周辺で、事故の日同様、時空を歪めてしまうほどの莫大なエネルギーの発生によりワームホールが開かれたとしたら、事故前に戻ることが出来るかもしれない、僕はそう考えました」

「事故前っていつのことですか？」と昴が口を開く。

「有力視しているのは、この装置が完成した事故の前日です。僕が初めて高輪ゲートウェイ駅の線路上でデータを受信したあの日のあの瞬間、地下に埋まっていた負のエネルギーによって人工ワームホールが僕の想像以上の大きさに広がり、二月四日F時のワームホールの入り口と繋がったのではないかと。もしそのワームホールをこの装置と共に誰かがくぐったのだとすれば、それ以降の未来からデータが届かなくなった理由も説明出来ます」

「まさかまた電車に乗るのか？」と、茶化すような口ぶりで勇作が言った。

「それはあまりにもリスクが大き過ぎます。あの時丸こげになった電車の外装を見たでしょう。あのレベルで済んだのは本当に奇跡でした。線路を走るのには変わりないですが、実際にはもっと耐久性のある乗り物を作る必要があります。出来るだけ小さく、高重力に耐えられ、安定しやすい球体の乗り物を」

「それに全員乗るのか？」

勇作のその質問に、晟生は首を横に振った。

「乗るのはこの中で一人だけです。リスクは最少限にしましょう」

「リスク？」今度は瞳が聞いてきた。

「もしワームホールが発生したとしても、その出口が必ずしも事故前日に繋がっているとは限りません。下手したら宇宙空間に放り出される可能性もあります。でもそれならまだいい方ですね。永遠にワームホール内から出られなくなる、もしくはワームホールごと押しつぶされて死んでしまう可能性もありますから」

それでも……、昴が晟生の言葉を遮った。

「可能性がゼロじゃないなら、俺は行きたい。もう一度真夏に会える可能性が少しでもあるなら、行きたい。ここにいたって真夏にはもう会えないから。そんなの……もう俺は死んでるのと同じだ」

そんな昴を、勇作が何やら神妙な面持ちで見つめていた。

この話をすれば、昴がそう言い出すだろうことは晟生も初めからわかっていた。そして彼が大きな勘違いをしているであろうことも。

「昴さん、過去に戻るということがどういうことかわかりますか？　過去の自分に戻れるわけではないんです。過去には過去の自分が存在しています。つまり、昴さんが同時に二人存在することになるのです」

眉を顰める昴を見て、晟生は確信した。やはり勘違いをしている。

「過去に戻れても、昴さんが過去の真夏さんと生きていくことは難しいです。これも仮説ですが、同じ空間に二人の自分が同時に存在し、お互いがお互いを認識した瞬間、対消滅するという論文もあります。真夏さんと話すことは可能ですが、同時に二人存在していることを知ったら彼女は混乱するでしょう。つまり、真夏さんの幸せを思うなら、過去の二人を遠くから見守るほかありません。一度行けばもうこの未来に戻ってくることも出来ない。これは過去への片道切符です。過去を変えてもう一人の自分と真夏さんが一緒に居られる未来が来たとしても、今の昴さんはその先ずっと、自分の身元を隠して生きていかなければならないんです」

希望に溢れていた昴の目から、光が失われていく。

脅しのつもりだった。この計画に命の保証はない。それで諦められるのなら、むしろその方が彼の幸せかもしれない。

しかし昴の決意は固かった。

「……それなら、俺は自分の顔を隠して電車に乗り込む二人を電車から引きずり下ろせばいいってことですよね。そうすれば真夏は一人で死なずに済む。過去の俺が真夏のそばにいてやることが出来る」

昴はそれでも過去に戻ることを望んだ。まるで陽生を、いや陽生を失った直後の自分を見ているようだった。

「まだ勘違いされているようですね」

そう言う晟生に、昴は怪訝な顔を向けた。

「昴さんが過去に戻れたら、やるべきことは一つ。彼女をあの電車に乗り込ませることです」

え、と昴が意外そうな声を漏らした。

「この五年で医学は飛躍的な進歩を遂げています。中でも人工細胞を使った再生医療の技術は二〇一九年に想定されていたより遥かに進んでいます。今の現代医学であれば、彼女の病を治すことが出来るかもしれません」

「本当に……!?」目の色を変えて昴が立ち上がる。

「真夏は死ななくて済むってこと……？」

全てうまくいけばの話ですが、と晟生は冷静を装って言った。

でもさぁ、と口を挟んだのはこれまでずっと静観していた真太郎だ。

「過去に戻れたとしても、結局それってパラレルワールドに行って未来を変えるだけじゃないの？　過去の歴史を塗り変えれば因果律が崩れて、矛盾が生まれる。結局パラレルワールドになるなら、俺たちがどんなにもがいたって今は変えられないってことになるでしょ」

真太郎の言っていることはもっともだ。因果律が破綻する。これが過去へのタイムトラベルを不可能とする学者たちの中で一番の問題点だった。パラレルワールドというのはその因果律の破綻を補うために生まれた一つの理論だ。

けれど、晟生の考えているものは、それともまた違っていた。

「僕はパラレルワールドを使わなくとも、その矛盾無くしてタイムトラベルを可能にする理論が一つだけあると思っています」

晟生は、そう言われるのを待っていたかのように口を開いた。

「ジョン・ホイーラーという世界的物理学者が唱えていた参加型宇宙論や参加型人間原理、という理論があります。it from bit. すなわち僕らが見るもの、聞くもの、触れるもの、宇宙の存在自体も全てただの情報であり、それを観測する人間によって初めて存在するという考え方です。逆に言えば、観測する人間がいなければ、宇宙も存在しない。僕の考える仮説も世界が情報で出来ている、という点ではこの仮説と少し似ています」

晟生はそこで初めて、自分の考える理論を提唱した。

「僕たち人間は、未来は未知、過去は絶対的、不変なものであると思い込んでいますよね。しかし、実際には矛盾が起きないよう僕たちの記憶は常に書き換えられている、としたらどうでしょうか。世界五分前仮説というのもありますが、」

あれだろ、と話を割って口を開いたのは勇作だ。

「俺たちの記憶は全て作られ、植えつけられただけのもので、世界がたった五分前に出来ていたとしても誰もそれを否定出来ない、って例え話だろ」

晟生は静かに頷いた。

「そうです。過去を思い出す行為は、今現在していることであり、過去は自分の頭の中でしか存在しません。過去は不変なものではなく、僕らが過ごしてきた時間も、宇宙の誕生ですら、たった五分前に全て作り込まれていたとしても誰も気づくことは出来ないのです。そのように僕らの記憶が常に書き換えられているとすれば、わざわざパラレルワールドを作り出さなくとも、脳が勝手に因果律の破綻しない過去を作り上げてくれるでしょう」

もちろん、これは晟生個人の仮説であって、人間が過去に戻った先の世界がどうなっているかなど、誰にもわかりようがない。ただ、そうであってほしいと今の晟生は強く願っていた。そうでなければ、陽生が命をかけて生み出そうとしていたこの装置の意味すら、根本的に破綻してしまうからだ。

「今話したことは全て仮説です、それでも過去に戻りたい方はこの中にいますか」

迷いもせず、真っ先に昴が行きたいと言い放った。しかし離婚問題を抱えていたはずの勇作と、失恋に悩んでいた瞳は口を開かない。

「牧さんはいいんですか？　戻らなくても」

晟生が勇作にそう尋ねると、彼は背もたれに体を預けながら深い溜息をついた。

「お前が言ったんじゃないか。あの離婚原因は事故のもっと前から積み重なっていたことで、あの事故とは関係ないって。戻れるのが事故前日じゃあ、そんなリスクおかしてまで戻ったって現状は何も変わらんだろう」

案外、聞き分けのいいところもあるのだな、と思ったが口にはしなかった。

「私もさすがに自分の命までは賭けられないわ。……それに過去に戻ったってあの恋の結末は見えているもの」

瞳もそう言って、肩を竦めながら苦笑した。

事の重大さから言っても、昴が選ばれるのは晟生も賛成だ。

「今の話が本当だとすれば、とんでもねぇことだし、そんだけ覚悟あるってんなら、そいつが行けばいいと思うけどよぉ、一体そんなタイムマシンを誰が作るってんだよ」

最生はそう尋ねてきた勇作を見つめて言った。あなたですよ、と。

「はっ⁉　いやいや、無理だ、無理！　俺にはそんな……」

勇作は泡を食って、首を激しく横に振る。

「無理じゃないです、設計図は僕が作ります。牧さんはそれを作るだけでいいんです。牧さんの会社はDN重工の傘下に入っていますよね？　牧さんの力とDN重工の力があれば」

そんなの無理に決まってるだろう！　と勇作がすぐさま反論する。

「こっちは遊びで仕事しているんじゃないんだぞ。そもそも上になんて言うんだ？　タイムマシンを作りたいから力を貸してくださいとでも？　そんなの一体誰が信じるっていうんだよ！」

「それが、出来る可能性があるから言っているんです」

最生がそう断言するのには、ちゃんと理由があった。

「……DN重工って、真夏の父親が代表をしてる会社だ」

ぽつりと昴が呟く。晟生はすでにその情報も把握済みだった。

「えっ、DN重工ってあの？　真夏ちゃんってそんな大企業のご令嬢だったの⁉」

瞳が目を丸くする。

「どうやらそのようです。さらに彼女の祖父は理事をされているとか。それだけの重役が上にいるのなら、話くらいは聞いてもらえるはずです」

勇作はそれにはあまり驚きもせず、今度は金について反論してきた。

「金は！　金はどうする？　そんなもん材料費にいくらかかると思ってんだ。いくら重役とはいえ会社の金を勝手に使うわけにはいかないだろうよ。さっきの宝くじだけじゃあ到底足りん金額だぞ」

「金なら俺が出すよ」

真太郎が腕を組みながら横槍《よこやり》を入れた。

「足りなきゃその都度、いくらでも用意してやる。ちょっと本気出せば金なんていくらでも湧いてくる。しこたま現金を溜め込んでる悪いやつらがいるからねぇ」

お前一体何者なんだと言わんばかりの勇作に、真太郎はニヤリと微笑んでみせた。

いまだ煮え切らない勇作に、晟生が口を開きかけた途端、奥に座っていた昴が立ち上がり、席を回り込んで勇作の前で床に跪《ひざまず》いた。

「牧さん、お願いします！　真夏を、彼女を助けるのに協力してください！　俺に出来ることなら何でもします、だからお願いします！」

昴は床に額を擦り付け頼み込む。他のテーブルに座っていた客や店員も異変に気づいて振り返って見ている。

おい、ちょっとよせよ！　勇作が慌てて昴の肩を掴んだ。しかし昴は決して頭を上げようとはしない。頑として動かない昴に閉口した勇作は深い溜息をついた。

「……お前に頼まれちゃあ、俺は断るわけにはいかねぇんだよ」

それがどういう意味なのかは、晟生にはわからなかったが、あれだけゴネていた勇作がついに折れたのだ。

それを見ていた瞳は隣でぽつりと呟いた。

「……ここにいる五人が事故に巻き込まれたのは、もしかしたら真夏ちゃんを助けるためだったのかな」

集まった全員の視線が瞳に注がれる。

「だっておかしいじゃない。誰より真夏ちゃんを愛していた昴くんがいて、信じられない話だけど本当にタイムマシン作っちゃった晟生くんがいて、根性ひねくり曲がってるけど、凄い技術を持った牧さんがいて、超怪しいけどやたらとお金に頼もしい真太郎さんがいて。私は……まだ何が出来るのかわからないけど、力になりたい。偶然だなんて思えないもの」

「非科学的なことはわかりませんが、僕も真夏さんを助けられるなら助けたいと思います」

同調するように晟生が言った。

「皆で真夏ちゃんを助けようよ。きっとそれが、私たちがここに連れてこられた意味なんだと思う」

そう意気込む瞳の言葉に、昴は床に膝をつきながら肩を震わせていた。

土俵際に追い込まれた勇作は、観念したように呟く。

「……いつまでに作れば間に合うんだ」

「来年の二月までです」

「二月って、もうすぐじゃねーか。無理だよ！」

「だから急ぎましょう。すぐにでもDN重工に話をつけにいかないと」

俺、明日真夏の実家に行ってきます！　昴が勇を鼓して立ち上がる。

勇作は最後まで頭を抱えていたが、ここから逃げ出そうとはしなかった。本心では、昴の願いを叶えてやりたいと思っていたのかもしれない。

「じゃあ『ベテルギウス大作戦』ってことで皆さん、御手を拝借、よぉー」

相変わらずふざけた調子の真太郎が、この計画に名前をつける。

こうして未来にやってきた五人の「ベテルギウス大作戦」が開幕したのだ。

四章　愛した人たちへ

真夏の実家に出向くのは、これで三回目だ。

初めて行ったのは、真夏と付き合って一年経ったくらいの頃だったと思う。真夏の父親はいつも働きづめでほとんど家にいなかったが、その日、珍しく家で夕飯を一緒に食べられそうだ、と連絡が入った。せっかくだから昴を紹介したいと急遽《きゅうきょ》、真夏が勝手に約束を取り付けてしまったのだ。

突然で狼狽《うろた》えたが、それでも真夏の嬉しそうな顔を見たら断れなかった。娘を放《ほ》ったらかしにしている父親でも、真夏の家族には変わりないのだ。

真夏の実家は想像以上の大豪邸だった。玄関がどこか探してしまう有様で、家は高い外壁に囲まれ、自動開閉式の重厚な門はどこかの大使館に見間違えるほどだ。

けれどその日、昴は真夏の父親に会うことが出来なかった。直前で父親に仕事が入ってしまったという。

「いつものことだから慣れてる。ごめんね」

そう言った真夏の表情が、昴には傷ついているように見えた。

二回目に行ったのは、付き合って二年目の父の日だ。

父親のいない昴にとって全く縁のない日だったが、真夏と一緒に金を出し合って買った、父親の好物だというウイスキーを届けに行ったのだ。

「君が真夏の彼か。今年受験生だろ？　どこの大学受けるんだ？」

父親の第一声だった。これからまた出かける予定があるのだと、袖のボタンを器用にはめながら彼は言った。

「大学には行くつもりがなくて。料理に興味があるのでそっちの道に……」

ああ、そう。と最後まで聞かずに父親は昴の言葉を遮った。

「……まあゆっくりしてって。真夏も彼氏もいいがちゃんと勉強もしなさい」

家政婦に仕度を手伝われながら、結局二人で買ったプレゼントを渡す暇も与えられず、父親は家を出て行ってしまった。

それからだ。真夏が余計に実家に寄り付かなくなったのは。

あの時、昴は真夏の父親に受け入れてもらえなかった。まるで学歴のない人間には価値もないと値踏みされたみたいに。きっと一時的な恋人だと思われていたに違いない。それを悲しんだのは、昴よりも真夏だった。

真夏が病院のベッドの上で息絶えた時も、そこに父親はいなかったらしい。

店長や、真夏と仲が良かった友達の話だからどこまで本当かはわからないが、あの父親のことだ。むしろその方が想像しやすい。

最後に父親に会ってから二年。けれど実際には七年経っていることになる。

果たして一瞬顔を合わせただけの男のことなど覚えているだろうか。

「なんで俺まで一緒に……」

真夏の実家前で、勇作が似合わないスーツ姿で不貞腐《ふてくさ》れていた。その隣には晟生もいる。例によって晟生の犯罪的な情報網により、あと少しで真夏の父親が家に戻ってくることを把握していたのだ。

「にしてもすっごい家だな。本当に会ってもらえるのか？」

「俺は諦めるつもりないです」

昴はきっぱりと言い切った。もし会ってもらえなかったとしても、会えるまでここで待ち伏せしてやる。覚悟はとうに出来ていた。

しばらく待っていると家の前に高級車の黒のセダンがゆっくりとスピードを緩めて走ってきた。ナンバープレートを確認した晟生が「あれです」と断定する。

そのまま中に入られないよう、三人で門の前に立ちはだかっていると、異変に気づいた父親が後部座席の窓から顔を覗かせた。

「あれ、君……、こんなところで何をしているんだ？」

「お久しぶりです、佐野峯昴と申します。覚えてらっしゃいますか？」

「ああ、わかるよ。あとで散々行方不明だとニュースになっていたからね。無事帰ってこられてよかったな」

「はい。それで今日はどうしてもお話したいことがあって来ました」

父親は少し意外そうな顔をしたが、

「悪いがこれから家で書類に目を通さなければならないんだ」とその申し出をやんわりと断る。

「待ってください！　真夏のことで、どうしても話したいことがあるんです！」

その名前を聞いた父親の顔が、一瞬強張ったのがわかった。

すっと昴から目を逸《そ》らし、「悪いが、」と言いかけたところで、隣にいた勇作が昴に続いた。

「おい、あんたの娘さんのことで話があるって言ってるんだ。車から降りて少しぐらい話聞いてやったらどうなんだ」

なんのために畏《かしこ》まったスーツを着てきたのか全くわからない態度を見せる勇作に、

父親が貴方は、と尋ねた。勇作は身分を隠すこともなく自分の所属と名前を口にした。もし傘下だとバレたら最悪クビになりかねないのではないかと昴の方が心配になる。しかし、父親はこのままでは埒が明かないと思ったのか車を降り、三人を中へ通してくれた。

玄関を入ってすぐの客間に案内され、家政婦がお茶と茶菓子を置いて出て行く。高そうだが何を描いているのかさっぱりわからない落書きのような大きな絵が飾ってあり、部屋の真ん中には柔らかいヌメ革のソファと、大理石のテーブルが置いてある。

「真夏はもうこの世にいない。私には今更話すことは何もないよ」

父親はソファに浅く腰をかけ、両手の指を前で組みながら低い声で言った。

「ご存知の通り、自分があの事故に巻き込まれている間に真夏は亡くなりました。突然真夏を失って、逢いたいのに逢えなくて、あれからずっと、過去に戻りたいってそればかり考えて過ごしてきました」

意図が摑めない父親の苛立った視線に気づき、昴は本題を切り出した。

「もしかしたら、真夏を生き返らせる方法があるかもしれないんです」

父親は昴の話を鼻で笑い飛ばした。

「一体、何を言い出すかと思えば、」

けれど昴は続けた。

「自分たちが行方不明になった時と同じように、ワームホールをくぐって過去へ行く方法が一つだけあるかもしれないんです」

半信半疑どころか全く信じていない父親に、今度は最生が「ベテルギウス計画」の全貌を説明する。初めこそ不信感を抱いていた父親も、最生の説明を聞いていくうちに顔つきが変わっていくのが目に見えてわかった。

「この計画にはここにいる牧さんの会社の技術と、御社の最先端技術が必要なんです。どうかお力添えいただけないでしょうか」

父親は腕を組み直し、背もたれに寄りかかって天井を仰いだ。

「……しかし、そんな夢みたいな計画、私の一存だけではどうにも、」

「お願いします！　どうしても、もう一度真夏に会いたいんです！　真夏のいる未来を見てみたいんです！」

昴は立ち上がり、必死に頭を下げた。しかし父親は渋い顔をしたまま、目を合わそうともしない。その態度に昴は体を駆け巡る血液が悲しみや怒りにフツフツと沸いてくるのを感じた。

「……ほとんど家にはいない、手料理のひとつすら食べさせない、真夏を最後の瞬間まで一人にさせておいて、そんな父親のままで恥ずかしくないんですか？　真夏を死なせないで済むかもしれないのに、何もしないで本当に後悔しないんですか⁉」

悔しくて固くこぶしを握りしめる。この男はいつまで〝大企業の社長〟の面を被り続けるつもりなのだろう。昴が今話したいのは、大企業の社長ではなく、真夏の父親としての彼だ。

突如、隣にいた勇作がすごい剣幕で怒鳴り上げた。

「あんたの娘の命がかかってんだよ！　まだわかんないのか！」

ハッとした顔をして父親が顔を上げて勇作を見やる。

「父親ってのはなぁ、何があったって娘のことだけは守らなきゃならん。娘のために命かけるのが父親の役目だろうが！　何を躊躇《ちゅうちょ》することがあるんだ、言ってみろ！」

その勢いに圧倒され、父親がごくりと息を飲む。

「確かにかなり怪しい話だと思われるかもしれないが、俺は乗ってみるだけの価値はあると思ってる。あんたの立場が大きくなりすぎて簡単に判断出来ないのもわかる。責任とれねえってんなら、いい。全部俺が責任とってやる。その代わりなぁ、裏であんたのところの優秀な社員を何人か回してくれ。資金もこっちで準備する。他になんか文句あんなら言ってみろ！」

そう言われて、父親は二の句も継げなくなったのか押し黙った。

この計画にあまり乗り気じゃなかったはずの勇作がそこまで言ってくれるなんて思ってもみなかった。晟生も同じだったと思う。けれどそれは昴や晟生にはわからない、勇作の父親としての顔だったのかもしれない。

ついに真夏の父親は反論の言葉を失って、静かに首を縦に振った。

「本当に……、娘は死なずに済むのか？」

さっきまでとは違う、弱々しい声で父親が尋ねる。

「絶対、と保証することは出来ませんが、出来ることは全てやり尽くしたいと思っています」

その晟生の言葉に、全身の力が抜けたように父親の背中が小さく丸くなった。

これが本当の彼の父親としての姿だったのかもしれない。

会社の金を動かすことは出来ないが、私個人の資産ならいくらか力になれると思う、と援助の言葉をもらうことも出来た。

昴くん、と玄関先で声をかけられ振り返ると、すっかり威厳を失った真夏の父親が呟いた。

「娘の代わりに今は私から言わせてくれ。真夏のことを諦めないでいてくれて、ありがとう。……きっと真夏は、ずっと君に助けられてきたんだね」

今ならよくわかるよ、と少し寂しそうに彼は笑った。

＊

ベテルギウス大作戦が始まってからというもの、頻繁に五人はまるでそこがアジトかのように「Bel Momento」に集まった。晟生を中心として輪になり、奥のテーブル席を陣取っている姿はどこかの海賊団のようだった。だとすれば昴は船内コックということになるのだろうか。

それぞれ注文するパスタはいつも決まっていた。晟生はペペロンチーノ、真太郎は本日のパスタ、瞳はミートソース、勇作はナポリタン。さらに晟生のコーヒーにはスティックシュガー一本と半分、真太郎はトマトが苦手なので必ず抜き、瞳は酒に酔うとややこしいのでアルコール度数を低めに作り、勇作のナポリタンには粉チーズをとにかくたっぷりかけた。仕事が終わると、昴もそのまま会議に参加する。

会議中、勇作がタバコを手に立ち上がり、なぜか昴を一緒に来るように呼び寄せた。よくわからないまま勇作の後を追う。

「お前よぉ、本当に覚悟出来てんだろうな」

タバコの煙が染みたのか、目を細めながら勇作が言った。

はいと答えると、品定めするような目つきで昴を凝視してから、勇作は徐に溜息を吐いた。

「なあ昴よ、俺はお前に借りがある」

何かの聞き間違いかと思った。記憶を辿《たど》ってみても勇作の助けになった覚えはない。

「俺の家族はお前に、いやお前の彼女に助けられたらしい」

勇作は短くなったタバコを灰皿に擦り付ける。

「真夏にですか？」と聞き返すと、「ああ」と向き直った勇作はすでに新しいタバコを口に咥えていた。

まるで秋蛍のようにタバコの尻がじりじりと発光する。

「俺の工場が彼女の父親の会社の傘下に入ったのも、元を辿れば彼女の紹介だ」

昴はそこで初めて真夏と勇作の家族が、被害者家族の会を通して知り合っていた事実を知った。まさかそんな風に繋がっているなんて思いもしなかった。

「お前の彼女はよぉ、お前は絶対帰ってくるって最後まで信じて待ってたらしいぞ」

昴は言葉を失った。

あの事故の後、真夏は全て諦めてしまったんじゃないかと思っていた。喧嘩したまま別れ、急に姿を消してしまった昴に嫌気がさしていたとしても責められない。一番苦しい時にそばにいてやれなかった後悔が、時間が経つほどに増していった。会いたくても会えない。こんな時間を真夏が過ごしていたのだと実感すればするほど、自責の念にかられた。

けれど、真夏は諦めてはいなかった。最後のその時まで、真夏はずっと昴を信じて待っていてくれた。希望を捨てていなかったのだ。

目の奥が熱くなり、昴は思わず手で目元を覆った。

メソメソすんじゃねえ野郎が、と煙を燻《くゆ》らせながら勇作が一喝する。

深く息を吐き、ざわめく胸を静め、昴はかろうじて涙を堪えて勇作に向き直った。

すみません、と小さく呟く。

「だからお前は必ず、彼女のもとに帰ってやれ。そうじゃねえと俺はお前にも、お前の彼女にも頭を上げられねえんだ」

勇作らしい感謝の言葉だと思った。頑固だが、昭和の男らしい人情味に溢れている。けれどそれはやはり、真夏に対するものだ。だからこそ、昴が真夏を助けることによってでしか、勇作がその借りを返すことは出来ない。

「必ず、助けます」

昴は覚悟を決めて宣言した。

おう、と勇作が肩を竦めて煙を吸い込む。

「……少なくとも俺んとこみたいになるんじゃねえぞ」

ゆっくりと吐き捨てられた白煙は細く浮かんですぐに消えた。煙のように失った時間の儚《はかな》さを勇作もまた実感しているのだろう。

研究室で離婚届を突き出してきて以来、勇作が家族とどうなったのかは知らない。ただ、あの事故に巻き込まれ、思いもよらぬ未来になったのは同じだったはずだ。

「とはいえ、何遍考えてみても、やっぱり俺は死ぬまであいつらの家族なんだよなぁ……」

昴は何も言わずに黙って聞いていた。それが正解のような気がしたからだ。偶然聞こえてしまった勇作の独り言だと昴は思った。

初めて勇作を見た時も、彼はこうして椅子の上に横になってイビキをかいていたのを思い出す。結局、明け方まで続いた「ベテルギウス大作戦」の作戦会議の末、十杯以上ビールを飲み続けた勇作はそのまま店のソファで横になり、瞳と晟生はまるで恋人のように肩を寄せ合って眠っていた。窓からはすでに朝の柔らかな日差しが差し込み、眠る三人を優しく包み込んでいる。

店と彼らの後始末を頼まれて、店長は一足先に帰ってしまった。

「悪いねぇ、昴くん。後片付けまでさせちゃってさ」

カウンター席に移動して、未だワイングラスを傾けながら真太郎が言った。

いいえ、と昴は厨房の流しで洗い物を済ませながら答える。頭はすっかり覚醒していて眠気など微塵も感じなかった。

本当に過去に戻れるかもしれない。晟生が言い出した突拍子もない提案によって、昴の未来は突然意味を持った。真夏が生きている未来を作れるかもしれない。それだけで胸が激しく高ぶった。

たとえ、そばにいられるのが今の自分ではなかったとしても、そんなことは真夏の命を前にして何の躊躇《ためら》いにもならなかった。

真太郎と晟生が昔、施設で一緒に暮らしていたということは、さっき真太郎から聞いた。瞳が言っていたように、やはり運命的に集められた五人だと思わずにはいられなかった。

「でも、どうして晟生くんはあそこまでしてくれるんでしょうか」

グラスを拭きながら、昴は気になっていた疑問を口にした。

この計画は昴一人では到底考えつきもしなかった。晟生の協力はありがたいが、どうしてそこまで親身になって真夏を助けようとしてくれるのか。人の命がかかっているとはいえ、晟生には何の義理もない。もしかして晟生と真夏の間に何か関係があったのかと想像してしまったくらいだ。

「……晟生は自分の夢を託したんだよ、君にね」

無くなったワインを自らグラスに注ぎ入れながら、真太郎が言った。

「夢、ですか？」

わからずに昴は手を止め、真太郎を見やる。

「晟生にはね、兄貴がいたのよ。もとはと言えばあんな装置を作り始めたのは兄貴が最初。施設で出会ったって言ったでしょ。両親を若い頃に亡くしてさ、兄貴は本気で両親を生き返らせようとタイムマシン作りを勉強してたってわけ。けどねぇ、その夢が叶う前に兄貴も死んじゃったんだぁ」

頰杖をつき、ワイングラスを眺めながら、真太郎は遠い過去へ思いを馳《は》せているように見えた。

「でもあの装置では、完成した日より前には何も送れない。未来からのメッセージも届かない、となればもう八方塞がりだったわけ。晟生は、兄貴も、両親もあの装置で救うことは出来なかったのね。だけど、君の彼女は救うことが出来る。要するにベテルギウス大作戦は、晟生と兄貴の最後の希望だってことよ」

「あんまり人の家庭内事情をべらべら話さないでもらえますか？」

その声に振り返ると、寝ていたはずの晟生がこちらに向かってきていた。

悪りぃね、と肩を竦める真太郎からひとつ席を飛ばして、カウンターに晟生が腰を下ろす。

飲みたいものを聞くと、晟生はコーヒーをお願いします、と言った。

「そういうことだけじゃないですよ」

さっきまでの話をどこまで聞いていたのかわからないが、晟生はそう呟いた。

「僕には、昴さんに謝らなければならないことがあります」

そう言って晟生は、昴に一枚の紙を差し出して見せた。昴はコーヒーを彼の前に置き、代わりに恐る恐るそれを受け取る。そこにはいくつかの言葉が書かれていた。

【電車　喧嘩　カップルの　引きずりこめ】

「このメッセージを、過去の僕は受け取っていました。初めは何のことかさっぱりわからなかったけれど、事故の日、昴さんと真夏さんのことを見て、このメッセージは、二人のことだったのだとわかりました。そして意味を理解した時には、すでに彼女は電車の外。ドアも閉まっていました。すみません、あの時すぐに察知出来ていればこんなことには」

責める気など昴には微塵も起きなかった。それ以上のことを、晟生はこれからしようとしてくれているのだ。

「大丈夫です。俺、絶対に過去に戻ります。それで必ず真夏のことを助けますから。だから晟生さん、力を貸してください」

昴は改めて、深く頭を下げた。もちろんです、と晟生が答える。

青春だねぇ、とワイングラスを掲げて、真太郎が顔をニヤつかせていた。

「何、茶化してるんですか。お店の迷惑になるので、これ飲んだら皆さん起こして帰りますよ」

むっとした晟生が真太郎を睨みつける。なんだか二人が本当の兄弟のように見えて、一人っ子の昴は少し羨ましいような気がした。

*

晟生がイメージするタイムマシンの構造は、潜水艦の耐圧殻のシステムを応用したものだった。

ワームホール内の時空の歪みによる圧力を最小限に抑えるためには、乗り物の形状は球体であることが望ましかった。球体が一番の強度を持っているからだ。

さらに、人が乗り込む耐圧殻の周りをもう一層覆った二重構造になっていた。その隙間をアクチュエータと呼ばれる、加わったエネルギーを物理的運動に変換する動的支持装置で支えている。そうすることによって、均等ではなく時空の歪みに応じて違った力を受けるタイムマシン内部を支えるのだという。外側は丸くて小さな覗き窓兼ハッチと、リモコンで起動出来るエンジン、線路を走るための車輪が付いている。

最悪、車輪や外装が吹き飛ばされたり押しつぶされたりするのは構わず、とにかく耐圧殻とその中に乗る人間、要は昴さえ無事に過去に着くことが出来れば成功といえる。

だが、耐圧殻のような精密な球体を作り出すのは並大抵のことではない。真球率を出来る限り一に近づけようとすればするほど、時間とコストがかかるのだ。

ただ一つの幸いがあるとすれば、このマシンはSF映画に登場するようなタイムマシンの複雑な内部構造によって飛ぶものではなく、線路上を走りワームホールを通過することだけを目的としている点だった。だからこそ、内部はエンジン、アクセルとブレーキのスイッチのみのシンプルな構造で構わない。

最生がこのマシンの素材にあげたのはセラミック電気硬化超合金。二〇一九年には存在しなかった素材だ。その金属の性質は、電気を加えることによって硬化するという奇想天外なものだった。その強度はこれまで世界で発見されたどんな金属より硬く、耐力に長《た》け、剛性を見るパラメーターであるヤング率はダイヤモンドの数十倍という桁違いの数値だった。

その金属の加工には3Dプリンターを使用する。その加工が行えるのは日本でも数えるほどの工場しかなく、その一つがまさに勇作の工場だった。そう、それは勇作が頑なに拒んでいた、あの最新機械を使った技術だ。

最大の問題は、決行予定日までですでに四ヶ月を切っているということだった。

DN重工から送られてきたスタッフには動的支持装置《アクチュエータ》とエンジンの製作を任せ、勇作が事務所で設計図と睨み合っていると部下の松崎が入ってきた。

「あれ社長、何してるんですか？」

勇作が隠す前に松崎がテーブルの上に広げられていた設計図を覗き込んでくる。

「これ……何ですか？　タイムマシンって書いてありますけど」

不思議そうに松崎が首を傾げる。ベテルギウス大作戦については他言しない、それがルールだった。話が広がりすぎると実行するのに弊害が出てしまう恐れがあるからだ。勇作は慌てて適当な言い訳を見繕った。

「いや、これはその……、タイムマシンという名前の未来自動車モデルだ、今度上からこの試作モデルを製作するように指示されてな……」

へえ、面白そうですね、と松崎は関心深げにあご髭《ひげ》を撫《な》で付《つ》け設計図に見入る。

「えっ、これボディにセラミック電気硬化超合金使うんですか？　なんでわざわざ車にそんな素材採用したんですかね？　アルミと比べちゃうとコストも重量も増えますし、車にここまで強度出す意味ありますかね」

「世界一の強度を誇る自動車を作りたいそうだ。まあ一般的な実用化にはならないだろうがな。イベント用の特注品だろう」

「これって納品いつまでなんですか？」

「三月だ」

　もしこれが二〇一九年の過去だったら、松崎は早々に音を上げただろう。絶対にそのスピードで納品することは不可能だからだ。しかし今の松崎は、じゃあすぐ取り掛からないとですね、と余裕さえ見せた。

　松崎のその余裕を生み出したものこそが、勇作が大反対していた3Dプリンターの存在だ。あの最新機器でなければ、あの金属をこの短時間で真球加工することはまず不可能だ。勇作もそれはわかっていた。

　ただこれまで散々怒鳴り散らした勇作が、それを認めるのは威信に関わる。それ以外に方法はないとわかっているけれど、部下に頼めないのは凝り固まったプライドのせいだ。

　松崎は勇作の心中を空気だけで感じ取ったのだろう。顔つきを変えて勇作に向き直ったかと思うと、松崎は深々と頭を下げて言った。

「社長、お願いです。俺たちのことを信じてもらえませんか。誰も工場を乗っ取ってやろうなんて微塵も考えていません。ただ、不可能をもっと可能にしていきたいんです。これまでの技術、知恵を土台にして、物作りの未来を切り開いていきたいんです。未来の技術者たちを育て、世界に貢献していきたいんです」

　松崎の口から、こんなに熱い言葉を聞いたのは初めてだった。勇作が不在にしていた五年で、彼はそれ以上の成長を遂げていた。トップがいない不安を努力と忍耐で跳ね返してきたのだろう。努力の末に掴み取った成功体験は必ず自信に繋がり、良くも悪くもそうやって技術者のプライドが育っていくのだ。しかし松崎はなお、勇作への尊敬と礼儀を忘れない。勇作が見込んでいただけあって、松崎はなかなか肝の据わった男になっていた。

そんな彼を前にして、プライドに必死に縋《すが》り付《つ》いている自分がバカらしく思えた。上の人間は教えるばかりが役目ではない。上の人間は、下の人間に支えられ、教わりながら、己の夢の実現に手を貸してもらっているのだ。勇作はいつの間にかそのことを忘れていた。

「……時間がねえんだ。3Dプリンターの使い方を教えてくれないか」

勇作は照れ臭さに俯きながら、声を上擦らせて言った。

が、すぐに返事がなく恐る恐る勇作が顔を上げると、松崎は肩を震わせながらくしゃくしゃに顔を歪めて涙を流していた。

「やめろ、野郎が簡単に泣くんじゃねえ。ったく、どいつもこいつも」

松崎の頭を拳で小突くと、よろけながら松崎は乱暴に袖で涙を拭いた。

そして背筋をピンと伸ばし、声を張り上げて言った。

「はいっ、社長！　お手伝いさせていただきます‼」

その翌日から松崎を中心としたタイムマシン製作チームが組まれ、連日工場に泊まり込みの作業が始まった。家に帰ったところで、どうせ誰もいないのだ。こうして作業に没頭している方が勇作にとっては現実を見ずに済んでちょうどいい。

晟生も毎日のように工場にやってきては、松崎と共にモニターに張り付いてああでもない、こうでもないと意見を出し合った。

3Dプリンターで造形した耐圧殻部分の球体は、確かに精密に作られていた。従来のように金属をプレス加工して、半球を作りそれを溶接して繋《つな》ぎ合《あ》わせる手間と労力、時間を考えると、確かに著しい未来技術の発達と言っていい。しかしそれでも極々わずかな歪みは発生する。許容範囲ではあるものの、ここから電気硬化をして強度を上げてしまうと、もうやり直しは一切利かない。だからこそ、電気硬化する前にさらに精密に研磨してやるのが、勇作がこれまで培ってきた技術の腕の見せ所だった。

どんなに時代が進んでも、人の手が加わったものには機械も敵《かな》わないと勇作は信じていた。九十九パーセント機械で作れる時代になったとしても、最後の一パーセントを仕上げる力は人間には敵わない。志高き技術者が、この世にいる限り。

勇作と違い、家族の待っている従業員は皆帰らせ、一人工場で研磨作業を行っていると、「そろそろ少しは休んだらいかがですか」という声がした。

振り返ると、依子だった。勇作は驚いて手を止めた。依子は勇作が作業をしている側の机の上に、何やらラップのかかった皿とフォークを置いた。勇作の大好物のナポリタンだ。

「最近、少し痩せたんじゃないですか。しっかり食べてくださいね、体力がなくっちゃ仕事にならないんですから」

依子が家を出て行ってから、ほぼ毎日コンビニ弁当で胃袋を満たしていた。まずいわけではないが、さすがに飽きる。毎日、毎日同じようなものばかり食べていると、自然と食欲というものは落ちるらしい。

主菜の他に小鉢を三、四個、味噌汁《みそしる》付き。依子が毎日作ってくれていた夕食のありがたさを、この頃身に染みて感じていた。もちろん食事だけではない、掃除、洗濯、日用品の買い物もだ。小さな不便さえ、依子は勇作に一度たりとも感じさせることはなかった。

礼も謝罪も出来ないこんな男のために、二十年近く毎日そんなことを繰り返してくれていたのだ。……もう、解放してやるべきなのかもしれない。

じゃあ、と勇作に背を向けて出て行く依子の背中に、勇作は投げかけた。

「依子、お前の望み通り、離婚届の判を押してやる。代わりに来年の二月四日、絶対に空けとけ。娘夫婦も、呼んでおけよ」

依子がどんな顔をしていたかはわからない。それを見るのが怖くて勇作は目の前の作業に没頭した。

＊

とてもじゃないけれど、ハイヒールなんて履いていられない。一日中花の水揚げをやらされたり、終わったかと思えば水換え、花の手入れ、処理、掃除、花屋の仕事は瞳が思っていた以上にハードだった。その点ではアパレルとも少し似ている点がある。一見華やかに見えるが、中身はハードな肉体労働ばかり。水の入った重いバケツの入れ替えや、植木鉢の移動にもなんとか途中でへこたれずに乗り越えられているのは、アパレル時代に培った腕力あってのことだろう。

唯一違っているのは、ここでの絶対的主役は花であるという点だ。アパレル店での主役はもちろん服だが、同時に店員も店の顔として立ち振る舞わなければならなかった。客の購買意欲を掻《か》き立《た》てるために、新作が入れば自ら購入し、客の目を引くコーディネートを考えなければならない。服だけではなく、アクセサリーから靴、ヒールの高さ、姿勢、メイク、ヘアスタイルまでを意識しなければ、店頭に立つことなど許されなかった。人からどう見られているか、その答えは自身の販売成績とリンクしているように思えた。

けれどここでは違う。店員は花を引き立てるためにむしろ地味にしている方がよかった。メイクをしていようと、ヒールを履いていようと、気にする客は誰もいない。慣れてくると随分気持ちが楽になった。ブーケ作りを頼まれるようになり、アパレルで培ったセンスの良さと器用さでその才能を買われるようになると瞳は少しずつ自身の内面に自信を持てるようになった。外見を着飾って手に入れた自信と、内面を認められて身に付く自信では、今植え替えられた鉢の芽と樹木ほどの差がある気がした。

ハロウィンが過ぎると、あっという間に店の装飾はクリスマスカラーの赤と緑のレイアウトに変更された。店頭にはポインセチアの鉢が並べられ、店内のあちこちに飾り付けられたリースがぶら下がっている。店の中央には優に二メートルを超えるゴールドクレストのクリスマスツリーが置かれ、来客の目を楽しませていた。

プライベートでも、ベテルギウス大作戦の合間を縫って時折、晟生と二人で会っていた。瞳の仕事も繁忙期に入り忙しく、晟生も勇作の工場へ足繁《あししげ》く通ってタイムマシン製作に携わっていたから暇なわけがない。それでも瞳が誘うと、晟生は断ることもなく時間を調整してくれた。

ある時はスイーツが美味しいカフェで、甘いものがあまり得意でないという晟生にスイーツがどれだけストレスを緩和してくれるかと、その重要性について瞳が数時間語り、ある時はプラネタリウムで、宇宙の誕生の仮説について晟生が数時間語り続けた。

晟生といると会話が途切れることはなかった。全く別の世界にいた人間がそれぞれの世界の常識について興味を抱き合っている、そんな感じがした。

晟生の話はいつも驚きの連続で、ついつい時間を忘れて聞き入ってしまうし、瞳のくだらない話にも晟生は興味深そうに耳を傾け続けてくれた。

その日も瞳は仕事、晟生は勇作の工場帰りに「Bel Momento」で待ち合わせをしていた。仕事の終業時間が少し遅くなり、晟生に謝罪のＬＩＮＥを入れているところに、着信が入った。

着信の主を見て、瞳は思わずその場で立ち尽くしていた。

相手は、元春だった。最後に会ってから約三ヶ月、一度も連絡は取っていない。数週間後に結婚式を控えている男が、一体何の用だろう。ようやく元春との失恋の傷が癒えてきたのに、瞳の胸はスマホの画面に表示されたその名前に、滑稽なほど高鳴っていた。出ない方がいいとわかっていながら、無視することは出来なかった。

（……もしもし、瞳ちゃん？）

甘ったるい声が瞳の耳元で囁く。絆《ほだ》されてはいけない、と瞳は目をぎゅっとつぶりながら、用を尋ねた。

（……俺、瞳ちゃんにもう一度会いたい。ほら、瞳ちゃんクリスマスイブがお誕生日だったでしょ？　だからお祝いしたいなって）

胸が締め付けられた。思わず胸を押さえ、意識していないと呼吸もままならない。元春のことだ。どうせ結婚前に最後の火遊びでもしたくなったのだろう。どうせそうに決まっている。そう、自分に気のある手頃な女に連絡をよこしてきただけだ。わかっている。わかっている。わかっている。わかっている。

電話が切れて、瞳は急いで晟生の待つ店に向かった。

すでに顔なじみになっていた店長が厨房の中から奥の席を指差した。見ると、すでに晟生が座っていてコーヒーを啜っているのが見えた。今日は昴の姿が厨房にもホールにもない。どうやらお休みらしい。

慌てて席に向かい、遅れたことを晟生に謝罪する。

「何か、ありましたか？」

向かいで相変わらず淡々とした口調の晟生が言った。どうも感情が顔に出ていたらしい。心当たりがありすぎて、瞳は誤魔化すのにも戸惑った。

「ご、ごめん！　ちょっと、帰りバタバタしてて」

「そうですか」

晟生はそれ以上踏み込んで聞いてこなかった。そのことに安堵して呆《ほう》けていると、今度は注文を晟生に促され、瞳はまた慌ててメニュー表を開いた。いつものようにミートソーススパゲティと適当なアルコールを頼み、やや唐突に今日の天気の話題を振った。

「何かありましたよね？　別に、無理して話さなくてもいいですけど」

晟生が目ざといのか、それとも瞳がわかりやすいのか、多分後者だろう。

瞳は大きく溜息を吐き、観念して元春から連絡があったことを話した。

「元彼に会いたいって言われて」

瞳のその告白を、晟生は顔色一つ変えずに聞いていた。

今更会いたいと言われ、さすがに怒りに任せて電話を切ったものの、なぜだか気持ちが晴れなかった。

元春と別れ、失業し、瞳の生活はあの事故の日を境に一変した。アパレルへの未練も晟生のアドバイスを受け、今の仕事を始めてから徐々になくなった。元春のこともそんな風に徐々に風化して忘れていくものだと思っていた。実際風化しかけていた。

それなのに、たった一回の着信でここまで心を揺さぶられるなんて思いもしなかった。あんなに傷ついたはずなのに、それでも心のどこかでまだ彼に会いたいと願っている自分がいることが情けなかった。

コーヒーカップを皿に戻しながら、いいんじゃないですか、と晟生が呟く。

「会いたいのなら、会いにいけば」

強がる瞳をわかって、あえて背中を押すような口ぶりだった。その言葉になぜだかまた救われた気がした。未来にやって来た途端に別の人と結婚すると言われ、待ち伏せしてまで振られに行き、遊ばれるだけと知りながら会いたいと思ってしまう、どうしようもなくカッコ悪い自分を肯定してもらえたような気がした。

晟生はそれ以上何も言わなかった。内心どうでもよかったのかもしれないし、ただ呆れていただけかもしれない。客観的に見ている晟生には、瞳が口にしなかった本当の気持ちが透けて見えていたのかもしれなかった。

どうしてこんなにもバカなのだろう。まるでギャンブル中毒者だ。彼との幸せな未来はないと痛いほどわかっているのに、都合の悪いことに蓋をして見ないようにしている。

晟生は気づいているのだろうか。瞳が晟生を呼び出すのは、大切な人を失った心の寂しさを紛らわせるためだということにも。

「パスタ、食べないんですか？」

晟生はもうペペロンチーノを食べ終わろうとしていた。

少し前に運ばれていたミートソーススパゲティはあの日、元春と食べたそれとは全く別物なのに、その響きの中にさえまだ元春は潜んでいた。

＊

外から帰ってきた晟生は不機嫌そうな顔をしていた。

真太郎はベランダでタバコを吹かしながら、おかえりと声をかけたが返事はなかった。ここのところ晟生は毎日勇作の工場に通い詰めだ。一二月も末に近づき二〇二四年がもうすぐ終わろうとしていた。

万が一にも来年、地球いや、東京が流星群の到来によってどうなるのかもわからないというのに、東京の夜は今日も変わらずぼんやりと明るかった。

吐いた息が暗闇に白く溶ける。タバコの煙なのか息なのかはもうわからない。

ふと、空を見上げて目を止めた。右肩を失ったオリオン座がちょうど空の高いところに見えていた。冬の星座、オリオンは真太郎にとって誓いの星だった。晟生が覚えているかどうかはわからないが。

ちょっとこっち来なよ、と三回誘ってようやく迷惑そうに晟生がベランダに出てきた。

「寒いんですけど」

帰ってきた時のままコートを羽織っているくせによく言う。部屋着のままの真太郎の方がよっぽど寒いが、晟生が不機嫌なのには別の理由がありそうだった。

「なーにむくれてんのぉ。何かあった？」

別に何も、と晟生は何も語らずに俯く。晟生がこんなに感情的になっているのは珍しい。が、すぐにピンときて真太郎は、口元を歪めた。

「……君も恋とかするんだねぇ」

そう真太郎が呟くと、晟生はわかりやすく狼狽《ろうばい》してみせた。

図星らしい。となると相手は瞳くらいしかいないだろう。

「Bel Momento」で五人が集まる時、晟生と瞳がやたらと親しげに話していることには気づいていた。まさか晟生が年上の女に惚《ほ》れるとは。

「なに、失恋でもしたわけだ」

別に失恋なんかしてませんよ、と晟生は不服そうに言った。

その横顔に、まだ三歳だった晟生の懐かしい面影が重なる。陽生の背中が見えなくなっただけで大泣きしていた晟生が、気がつかないうちにこんなに成長して一人で歩いていることが不思議だった。あの晟生が恋をしていると陽生が知ったらどう思うだろうか。きっと真太郎と同じように思い切り冷やかして、思い切り喜んだに違いない。

「だったら、んな顔してないでさぁ、君が好きだーって叫んできたらいいじゃない。その方がよっぽどすっきりするもんよ」

「そう単純な話では、」

何言ってんの、と真太郎は肩を竦めた。

「恋ほど単純なことなんかないでしょう。好きだから好き、それ以外に何があるってのさ。君ねぇ、恋にまで理屈挟んでると、男はモテないよ？」

「……でも、彼女には忘れられない人がいるので僕には何も、」

「だから？　忘れられない人がいる女を好きになっちゃいけない法律でもあんの？　理不尽で結構。間違いでも結構。たまには後先考えずに、好きだって突っ走んないと変えられない〝今〟があるんじゃないの？　未来に飛ぼうと過去に戻ろうと、俺らが生きてる時間は今だけなんだからさぁ」

晟生は俯いたまま、黙り込んでしまった。

真太郎は思わず苦笑した。晟生の恋愛下手はどうやら兄貴譲りだ。

「ねえ、晟生。覚えてる？」

真太郎はベランダの柵に背を預けながら、顎をしゃくった。晟生が促されるように隣で空を見上げる。

「陽生が初めて失恋した日、俺らが小六だったから晟生はまだ四歳か……覚えてねぇよなぁ」

ふっと笑みを漏らす真太郎を、晟生は不思議そうに見つめていた。

陽生の初恋のことを今でも真太郎は覚えている。

陽生は、同級生で好きだった子に一方的に振られた。彼女と二人きりで話す機会に舞い上がった陽生は、当時考えていたタイムマシンの仕組みについて延々と披露したのだ。

その結果、「陽生くんと話しても難しいことばっかりでつまんない！」と彼女は去っていったらしい。

真太郎は爆笑してしまったが、陽生は本気で落ち込んだ。そんな陽生とまだ四歳の晟生を連れて、夜中に施設を抜け出したのだ。

真冬の凍《い》てつく寒い夜だった。陽生の自転車の後ろにマフラーをぐるぐる巻きにした晟生を座らせ、二人は自転車で海まで走った。当時、真太郎は辛いことがあるとよく海に来た。その頃に観たある任侠《にんきょう》映画のセリフに影響を受けてのことだ。

【泣きたいときは海に行け。お前の涙がいかにちっぽけかわかる】

砂浜に三人横並びで腰を下ろし、真太郎は言った。

「女に振られたくらいでいじけてるなよ、かっこ悪い！　いつかすげぇタイムマシン作って、金稼いで、もっといい女見つけりゃいいじゃん！」

そんな叱咤《しった》にも陽生はぼんやりと波を眺めながら煮え切らない様子だった。

意地らしくなり、真太郎は海に向かってバカヤロ――！　と、叫んだ。

「ほら、陽生もやれ！　こうすると少しスッキリするから！」

恥ずかしいのか、言《い》い淀《よど》む陽生を横目に、

「バカヤロ――!!」と舌足らずに叫んだのは、晟生だった。

意味もよくわかってなかっただろうが、傷心する陽生の隣で晟生は面白がって何度も、何度も同じセリフを叫び続けるのだ。それを見ていた真太郎と陽生は顔を見合わせて笑い転げた。

ようやく重い腰を上げた陽生は、徐に波打ち際まで走っていって叫んだ。

バカヤロ――――！

つまんないって言うな――――！

いつか絶対後悔させてやる――――!!

「いいぞ、いいぞ！　女なんか星の数ほどいるんだから！」

晟生がきゃっきゃと喜んで陽生の足元に絡みつく。そんな晟生を愛しそうに抱き上げる陽生を見て、真太郎はなぜだかひどく胸が痛んだ。

それで、思わず言ってしまったのだ。

「陽生には晟生がいるだろ！　それで何が不満だってんだよ、欲張んな！　俺なんか……天涯孤独なんだからな！」

思わず荒くなった語気に、余計虚しくなった。真太郎は陽生が羨ましかった。親友だと思っていたけれど、ふとした瞬間、真太郎は拭いようのない絶対的孤独を感じていた。自分は誰にも愛されなかった。必要とされなかった。生まれるべき人間じゃなかった。たとえ十一歳で両親を失ったとしても、それまで一点の曇りもなく愛されてきた陽生と真太郎とでは、決定的に何かが違っているような気がした。陽生は何も悪くない。わかっているのに妬んでしまう。そんな自分がダサくて、かっこ悪くて、真太郎は唇を嚙み締めて俯いた。

そんな真太郎の心情を知ってか知らずか「だったらさぁ」と閃《ひらめ》いたように陽生は言った。

「俺たち、家族になろうよ」

唖然《あぜん》として真太郎が顔を上げると、陽生は白い歯を見せて笑っていた。

「今日から俺たちは三人兄弟。いいよな、晟生？」

腕に抱えた晟生に陽生が問いかけると、「いいよぉ」と呑気《のんき》に呟いて真太郎を見やった。

自分が誰かの家族になれるなんて、その日まで考えたことがなかった。幸せの象徴である家族という組織の中に自分が入り込める隙間などどこにもないと思っていた。だけど、もしかしたら、そうではないのかもしれない。

お互いを認め、必要とし合えることが出来たなら、今からでも、どんな形でも家族になることは出来るのかもしれない。法的にでなくていい。血縁がなくてもいい。本当の家族の意味は、心の繋がりを示す名称なのかもしれない。

誓いを立てようよ。薄暗い海辺を見渡した陽生はふと空を指差して言った。

「そうだ。あの、三つの星に誓おう」

陽生が指差したのは、空高く浮かんだオリオン座の真ん中にある三つ並んだ星だった。

「俺たちはあの三つ星だ。この先どんなに離れても、俺たちの絆は決してなくならない。あの星に誓って、俺たちは家族だ」

なんかかっこよくない？と陽生は顔をニヤつかせながら言った。さっきまでバカみたいに落ち込んでいたのが嘘のようだ。

悔しかったけれど、その時の陽生は最高にかっこよかった。今まで観たどんな任侠映画のヤクザよりも、よっぽどかっこよかった。

「俺たちは家族だよ、晟生。だから君がどんなに傷ついたって、俺がそのケツ拭いてやるから。君はただ、何も恐れず戦え」

真太郎は、あの日と同じように三つ並んだ星を見上げながら言った。

晟生は黙って再び夜空を見上げていたけれど、その手が何かを決意しているように強く握りしめられていることに真太郎は気づいていた。

「真くんに聞きたかったことがあるんです」

ふいに晟生がそう口にした。

「なぜ、僕たちのために大事な貯金を使ってくれるのですか？　お礼なんて何も出来ないし、投資にもならない。僕らが家族だから、なんですか？」

真太郎は持っていた金を、全て晟生に預けていた。心配されないよう裏でも金稼ぎに動き、さらに金を追加投資出来る環境は整えている。

家族だから、確かにそれもあるだろう。けれど、それだけではない。

「ばーか、別にボランティアのつもりじゃねぇよ」

驚いた顔をして、晟生が真太郎を見やる。

「俺はね、晟生と陽生の夢をあの金で買ったんだ。この世界のなにより価値があるって俺は思ってるからさ。ただそれだけのことよ」

晟生は微かにその瞳を潤ませながら、ありがとうございます、と呟いた。

「もし、こんなことになっていなかったら、あのお金は何に使うつもりだったんですか？」と改めて晟生が尋ねてくる。

ああ、と肩を竦めて真太郎は言った。

「俺、金使うのに興味ないからさぁ。そうねぇ……。恩返しってことで施設の屋上からばら撒《ま》きでもしたんじゃない」

やっぱり、となぜか晟生は納得したように頷いた。

その理由を尋ねると、晟生はオリオン座を見上げて呟いた。

「真くんは、誰より家族思いの人だからですよ」

*

一二月二四日、クリスマスイブに華やぐ街を抜けて晟生は瞳の働く花屋へ急いでいた。その日瞳は元彼と会う約束をしていた。

繁忙期の仕事を休むわけにもいかず、夕方まで勤務してから元彼のもとへ向かうのだと晟生は瞳から直接聞いていたのだ。

瞳の勤める花屋は品川駅から十分ほど離れた小道にひっそりと佇んでいた。

人生で花屋に足を運んだことなど一度もなく、晟生は店の外でしばらく中の様子を窺っていた。今日は家を出た時から落ち着かなかった。こんな風に突然瞳に会いにきたせいもあるだろうが、それだけではない。いつもかけていたメガネをやめ、コンタクトにしたせいでやたらと視界が広く感じるのだ。

瞳にコンタクトを勧められたのを真に受けたわけではないが、彼女に少しでもよく見られたいと思ったことは否めない。誰かによく見られたいなんて、今までの人生で考えたこともなかったのに。

いつまでも店の外でこうしているわけにもいかず、中に客が誰もいなくなったのを見計らい、意を決して入店した。

クリスマスソングが軽快に流れる店の中央には、巨大なクリスマスツリーが飾られていた。本物らしい。巻きつけられたLEDライトがランダムに点滅している。

「あれ……晟生くん⁉」

突然の晟生の訪問に、瞳は驚いたように目を丸くした。

「わっメガネじゃないんだ！　新鮮！　うん、いいね！　やっぱり似合ってるよ！」

突然の訪問にも関わらず、少なくとも嫌がられてはいないようだった。他にも店員はいたが、それぞれ奥で忙《せわ》しなく作業中で、近づいてもこない。

「もしかして誰かにプレゼント？」と瞳は尋ねた。返す答えに迷っているうちに、とりあえず五千円ほどの花束をひとつ作ってもらうことになった。

瞳が店の時計をちらりと確認する。午後四時半。

「午後五時になったら私、今日は上がりなの」

テキパキとショーケースの中から赤をメインにいくつもの花を引き抜きながら瞳は言った。晟生くんには言ったたっけ、ととぼけて舌を覗かせる。

今日の瞳は初めて出会った時の瞳の雰囲気と近い印象だった。ちょっとキツめの派手な化粧に、綺麗にセットされた髪。短いけれど綺麗なワインレッドに塗られた爪先で、花束に余分な葉を茎から剝がしていく。

「このお花渡すのは、女の人？」

大体の下処理を終えて瞳が視線を晟生に向ける。晟生は一応頷いてみる。

「それならいいこと教えてあげる」

一度奥へ引っ込んだ瞳が、店頭に飾るボードを抱えて戻ってきた。

「薔薇《ばら》ってね、本数によって意味が変わるの。よかったら参考にしてみて」

そこには本数別の薔薇の花言葉一覧が記されていた。一本なら一目惚《ひとめぼ》れ、二本ならこの世界はふたりだけ。三本なら愛してる。どれも晟生にはあまりにもハードルの高いロマンチックなフレーズばかりだ。思わず頰を火照らせながら誤魔化すように口元に手を寄せて咳払《せきばら》いをした。しかし花言葉ごときで逃げていれば、この先もきっと逃げ癖がついてしまう。真太郎との会話を思い出して、勇気を振り絞り今の気持ちに一番近いものを選んだ。

「じゃあ、七本で」

恥ずかしさに俯きながら晟生は答えた。

瞳が薔薇の花を七本含んだ花束に、リボンをかけて晟生に手渡した。

「気持ち伝わるといいわね」

にっこりと微笑みながら大丈夫よ、クリスマスだもんと励まされる。

クリスマスだからと言って一体何の効力があると言うのだろう。

ビッグバンやインフレーション、正確には初期特異点と呼ばれるところから宇宙が始まったという研究結果を大前提に生きてきた晟生の考え方は、神とは真逆に位置していた。もちろん科学者の中には有神論者もいるだろうが、少なくともこの日本ではクリスマスに本気でキリストの誕生を祝っている人は僅かだろう。残念ながら晟生も有神論者ではなかった。

様々な理屈に一人せめぎ合いながら、本題について切り出しづらくなっているうちに、瞳の勤務時間が終わった。

じゃあね、と言い残して慌ててバックルームに戻る瞳を目で追いかけることしか出来ない。仕方なく店を出たが、やはり諦めきれず店の前で待っていることにした。街灯の影が伸び、次第に日が落ちてくる。凍てつく寒さも比例して増していった。

これまでも瞳を待っている機会は何度かあった。呼び出されたレストランで、待ち合わせの駅前で、たまに送り合っていたＬＩＮＥのやり取りの中で。それらの時間はどれもそう長くはなかったはずなのに、時計が壊れているみたいに長く感じられた。彼女と会っている時間はいつも、あっという間に過ぎ去ってしまうというのに。

ブルーのワンピースにコートを羽織った瞳が店から飛び出してきた。

「あれ、晟生くんまだいたの？」

晟生に気づいて瞳が高いヒールをカツカツと鳴らしながら駆け寄ってくる。

「まだ何かあった？」腕時計を確認しながら瞳は言った。

何を言いたいのか、未だ自分でもよくわかっていなかった。

ただ理屈抜きで瞳に会いにきた。彼女に忘れられない人がいることも、その人に会いに行きたい彼女の真意も理解している。それでも晟生の足は瞳のもとに向かっていた。

「お誕生日おめでとうございます」

晟生はそう言って、今さっき買ったばかりの花束を瞳に差し出した。

明らかに瞳の表情に戸惑いの色が浮かぶ。

「え、……ありがとう、でも私これから元彼と、」

「僕が尊敬するアインシュタインは、生前こんなジョークを言いました」

いきなり突飛なことを話し出す晟生に、困惑しながらも瞳は足を止めて耳を傾けてくれた。

「可愛い子と過ごす一時間は一分のように感じられるが、焼けたストーブの上に腰を下ろす一分は一時間のように感じられる。それが相対性だ、と」

わけがわからなそうに瞳が首を傾げる。

「時間とは一定なものではなく、状況によって伸び縮みします。これは心理的時間と相対性理論をうまく交えたジョークだと言えるでしょう。僕は瞳さんに出会うまで、このジョークの意味がいまいちわかりませんでした。けれど瞳さんと時間を共有していくうちに、このジョークの意味が理解出来るようになったんです」

瞳が難しい顔をしながら、「私が可愛いってこと……？」と言った。

「いえ、そういうことではありませんが、このジョークに基づいて考えると、好きな人と一緒にいる時間にも同じことが言えると思うのです」

「え、じゃあ可愛くないってこと？」

今度はちょっとムッとした顔をして瞳は目を細めた。

「いえ、そういうわけでもありません……ただ、僕が言いたいのは、」

胸が痛いくらいに高鳴っていて、火が出るほど恥ずかしかった。こんな感情は間違いなく生まれて初めてのことだ。

けれど、それ以上にこの気持ちを彼女に伝えたいと思った。彼女がどんな反応をするのか、見てみたいと思った。

晟生は意を決して、瞳を見つめて言った。

「……僕は、あなたに恋をしているのだと思います」

ハッとした顔をして瞳が晟生を見つめ返す。

「だから、行かないでください」

唐突すぎた晟生の願いに、瞳は目を瞬かせて立ち尽くす。

「でも、行けって背中を押してくれたのは晟生くんじゃ、」

「これ以上、無駄に傷ついてほしくないです」

そう言うと瞳は眉を寄せて顔を背けた。

「今日は瞳さんの誕生日です。そんな日にわざわざ傷つきに行くなんて間違っていると思います」

薔薇の棘《とげ》で神経を刺すような、胸の痛みを感じた。毒針だろうか。肺が圧迫されるような息苦しさを感じる。未だかつてない体調の変化に晟生は慌てた。自分が自分でなくなってしまいそうな漠然とした不安が血液とともに身体中を循環している。

「……それでも、会いたいって言ったら？」

肩を落とし、うな垂れるように俯いて瞳がぽつりと呟いた。細くて頼りない声だった。晟生はそんな瞳を見つめて言った。

「それでも、引き止めていいですか？」

瞳がゆっくりと顔を上げる。街灯に照らされたその頬に涙の筋が光っていた。耳の奥で波打つ鼓動の音がした。何もかも生まれて初めての体験だった。

瞳の腕がそっと伸びてきて、晟生が抱えていた花束を自身の胸に抱き寄せる。

「……ずっと言えなかったけれど、好きでした、かぁ」

瞳は七本の薔薇を眺めながら、優しい笑みをこぼした。

「ねえ、これって告白なの？」

尋ねられ、狼狽する晟生を嬉しそうに見つめる。それから一度、深く息を吐いた。

「本当ばかだね、私……行くのや～めた！」

近くのガードレールに腰を下ろして、瞳はきっぱり言い放った。

急にどうでもよくなっちゃった、とぼんやりと空を仰ぐ。空の彼方《かなた》では今日もオリオン座が瞬いていた。

ねえ知ってる？　と瞳は晟生に言った。

「オリオン座のオリオンてさぁ、すっごい女好きだったんだって。星座になった今でもプレアデスの乙女たちを追いかけ回してるって話。最低な男よね」

初めて聞いた話だった。ギリシャ神話など非科学的なものにはこれまであまり興味を抱いたことがなかったせいだ。

「でも、ついに消えたのね。オリオンも」

右肩を失った星は、見る人にとってはもうただの星屑《ほしくず》かもしれない。

「あいつもきっと、あの爆発と一緒に消えたのね」

晟生は今まで恋愛というものをしたことがなかった。

相手に振り回され、執着し、独占し、涙し、悲しみ、かと思えば突然別れがやってくる。恋愛なんて時間の無駄でしかないと思っていた。理性を失い、そんな不確かなもののために身を滅ぼしていく人を見ているだけで恥ずかしくなる。滑稽で無様でそんな愚か者にはなりたくないと思っていた。それなのに今、目の前でひとつの恋を終わらせようとしている瞳は、とても綺麗だった。

ちょっと来て、と瞳が手招きをする。近寄ると、晟生に向かって右手を差し出してきた。

「少しだけ手、握ってくれない？　引き止めたならそれくらい責任とってよ」

恐る恐る手を差し出し瞳の手を握る。冷たかった。とても生きている人間の手とは思えず、思わず「冷たい」と呟くと、女の子はみんなこんなものよ、と笑った。

彼女の細い指が晟生の骨ばった手を優しく握り返す。握り合った手の中に心臓が移動してしまったみたいだ。全神経が手の中に密集し、繋がった手のひらから彼女の生態を分析しようとしている。

「晟生くんって手温かいんだね」

瞳が繋がれた手を見つめて言った。

「そのコンタクト、もしかして私のため？」

今度は上目遣いをして、瞳が晟生の目を見つめる。

可愛い、と思った。お世辞ではなく本当に。

晟生が小さく頷くと、瞳はまんざらでもなさそうに微笑んだ。

「もし、過去が変わったらさ、今のこの記憶も気づかないうちに書き換えられてなくなるかもしれないんだよね？　……だったらもう少しだけ、こうさせていて」

あと一分、いや一時間、せめてこの夜が明けるまで。晟生もそう願った。

もし、タイムマシンが無事過去に到着し、過去を変えることが出来たなら間違いなく、同じ電車に乗り合わせる二人の運命にも影響を及ぼすことになるだろう。その先の未来でもまた、瞳とこんな時間を過ごせるのだろうか。多分、ないだろう。きっと瞳はあのパニックの中、名も知らない晟生よりも、同じ女性である真夏に話しかけるだろう。瞳が声をかけてきてくれなければ、過去の晟生から彼女に話しかけることはまずない。そんな風に少しずつ接点を失い、事故の被害者同士というだけの間柄になる。

晟生の中に小さく芽生え始めていたこの感情は、花を咲かせることはきっとない。

そう思った時、晟生はようやく確信した。

この名も無い胸の痛みこそ、恋の証《あかし》なのだということに。

五章　ベテルギウス大作戦

　直径二メートルのタイムマシンがついに完成した。その知らせが昴のスマホに届いたのは年が明け、一月ももう終わろうとしていた頃のことだった。完成間近のタイムマシンに一度試乗させてもらい、エンジンの掛け方などは教えてもらっていた。中は人一人がぎりぎり入るほどの広さで、ハンドルとエンジン、アクセルとブレーキのスイッチ、そして小さな覗き窓兼ハッチのみ。本当にワームホールを通過するためだけに作られた代物だ。

　急遽行われた最後のベテルギウス大作戦会議も、もちろん「Bel Momento」が舞台になった。

「今日はミートソースじゃなくて別のパスタにしようかな」

　店に着くと早々にメニューを開きながら瞳がそう呟いた。珍しい。瞳がこの店に来てミートソーススパゲティ以外を注文するのは初めてだった。向かいの席で先に食べ始めていた晟生の皿を見て、じゃあ私もこれと同じので、と瞳は言った。

今日の晟生はいつものメガネをしていなかった。それだけで随分印象が変わり、陰気臭さがなくなった。もちろんいい変化だ。なんとなく彼の羞恥心を煽《あお》ってしまう気がしてあえて言葉にはしなかったけれど。

タイムマシンの構造やシステム以外に、二月四日当日のそれぞれの役割についても打ち合わせておくことは山ほどある。

「じゃあ俺は、ちょろっと研究所内に侵入すりゃあいいわけね？」

さっさとパスタを食べ終え、ボトル二本目のワインを開けながら真太郎が言う。

晟生が「出来ますか？」と聞きながら、ＰＣのキーボードを高速で叩いている。

「楽勝でしょう。相手はカタギなんだからさぁ」

晟生はＰＣの画面を真太郎中心に、全員に見えるよう向け直した。

「事前に研究所内部のデータをハッキングしたところ、この地下三階の一番奥にあるシェルターの中は真空状態になっていて、そこに負のエネルギーの発生源が保管されているようでした。その扉が閉じていると、地上では僅かな負のエネルギーしか観測できません。なので当日はこの扉を開けておく必要があります。ここのシェルターは暗証番号とカードキーが無いと開かないのですが、暗証番号はすでにハッキング済みです。真くんは中に侵入し、カードキーを盗み出して、ここのドアを開けてください」

　侵入だとかハッキングだとか、本物の犯罪組織みたいだ。まるで他人事のように
「了解でーす」と真太郎がワインを口に流し込む。

「ったく、今まで一体どんな悪さしてきたんだか。とりあえず俺はもうタイムマシンを作ったんだから、用はないよな」

　そう言って逃げ出そうとする勇作を、「あ、もう一つお願いが」と晟生が引き止めた。勇作は反射的に引け腰になる。

「タイムマシンを線路に運ぶのに、新型のドローンを使いたいと思っています。牧さんの関係者をざっと洗い出したところ、大学時代の航空部でお知り合いになった友人が現在ドローン会社を運営していらっしゃるようなので、ぜひともお願いしたく」

　晟生は平然とそんなことを口にした。

「いや……お前、またどうやってそんな情報……」

　顔を引きつらせて勇作が恐る恐る尋ねる。晟生はその詳細については一切語らずに続けた。

「もちろん相手方にはご迷惑はおかけしません。操作はこちら側で行い、ハッキングによって無許可で使用された、と弁明してくだされば」

「いや、でも線路上に運ぶって完全に犯罪行為だぞ。他に方法はないのか？」

他に方法はありませんし、違法かどうかを持ち出してしまったらこの作戦は前に進みません。身もふたもない言い草で晟生が一喝する。

「それに犯罪だから、と助けられる命を放り出すのは果たして正義なのですか？　法律は人を守るためにあるべきです。けれど人間が作り出したものには常に間違いは生じる。戦時中は敵陣を多く殺すほど英雄と崇《あが》められたように、法律がいつも正義とは限らない。助けられる命があるならば自分を信じて貫くべきでしょう。牧さんだって娘さんのためならきっと、法だって犯す覚悟はありますよね？」

勇作はごくりと息を飲んで押し黙った。

「ねぇ私は、当日どうすればいいの？」

不安そうに瞳が言った。瞳も昴と同様、当日まではほとんど役目がない。しかし男ばかりの集団に一人女性がいるというだけで、確実に意見が纏まりやすくなっていたと思う。

「流星群到来の時間は夜九時一二分。タイムマシンの発進には田町駅と高輪ゲートウェイ駅間、京浜東北線の五番線線路上を使う予定です。ちょうどその線路の真下に、研究所のシェルターが埋まっているので。瞳さんは、浜松町《はままつちょう》から電車に乗り込み、電車とタイムマシン接触を防ぐため車内の緊急停止ボタンを押してください。そして田町駅から高輪ゲートウェイ駅に向かう電車を出来るだけ長い時間止めていてください。とにかく僕たちのタイムマシンが線路上から消えるまで、次の電車が来て接触事故が起きないようにお願いします」

「わかった、任せて！」と瞳が力強く頷く。

「昴さんは、当日僕と一緒に行動してください。タイミングは僅かな一瞬です。それを逃せば二度と、過去には戻れないと思ってください」

最後の作戦会議で確認した当日の計画は以下の通りだ。

まず、勇作が完成したタイムマシンをトラックに乗せ、彼の友人が経営しているドローン会社の倉庫に向かう。その間に真太郎が研究所へ侵入しシェルターを開け、瞳は浜松町駅から電車に乗り込み緊急停止ボタンを押す。

その混乱に紛れて晟生と昴が線路に侵入。ドローンを操作し、線路上にタイムマシンを設置。直ちに昴が乗り込み、流星群到来に合わせて発進させる。

「まさか本当に完成しちゃうなんて嘘みたい」

ペペロンチーノを頬張りながら瞳が言った。

「本当に上手くいくのかよ、こんなこと」

偉業を成し遂げた後とは思えない仏頂面の勇作が、背もたれに体を預けながら首を傾げる。

「牧さんのマシンは問題ありません。今出来る最先端の技術を駆使して作ったのですから、これでダメならお手上げです」

スティックシュガー一本と半分を入れたコーヒーを啜りながら晟生が答える。

「でもありゃ、ちょっと頑丈に出来たただの車だぞ」

どうやら勇作にはまだ心配事があるらしい。とはいえそれに乗り込むのは昴だ。昴が確認したいのは、過去に戻って真夏を助けることが出来るか、否か。ただそれだけだった。

「過去に戻れるかどうか、それはやってみなければわかりません。その結果を知ることが出来るのは昴さんだけです。僕たちの記憶は、昴さんがワームホールをくぐった瞬間に、書き換えられると考えていますから」

「じゃあ、その先このベテルギウス大作戦のことを記憶しているのは俺だけってことですよね」

昴が尋ねると、晟生は静かに頷いた。

「僕の仮説に基づいた過去の世界であれば、過去にいるもう一人の昴さんはもちろん、全員何も知らないし、覚えていないでしょう。くれぐれも過去の自分にもう一人の自分を認識されないように気をつけてくださいね」

全く信じられないような会話だが、自分の身に起きたことを考えれば、想像しうることは何もかもありえておかしくない。きっと明日、宇宙人が地球に襲来してきたとしても、ここにいる五人だけはすんなりと受け入れてしまうのかもしれない。

じゃあ解散、と真太郎が手を叩きながら立ち上がる。

決行日まであとわずか、いよいよここまで来てしまった。夢ではない。あと少しで真夏に会える。面と向かって会えはしなくても、真夏がいるだけで世界は光り輝くだろう。

皆と別れ、後片付けを終えた昴はバックルームで私服に着替える。ここに来るのも今日が最後になるだろう。もちろん店長はそれを知らないけれど。

最後にロッカーの中くらい綺麗にしておこう。置きっ放しにしていた私物をかき集めていると、予備エプロンの中から小さく折りたたまれた伝票用紙が転がり落ちてきた。

拾い上げ、開いて中を確認した昴は思わずその場で立ち尽くした。

【──絶対また会おうね。】

たった一言だけの、癖のある丸い文字。間違いなくこれは、真夏の字だ。

いつの間にこんなものを忍ばせていたのだろう。今日まで全然、気がつかなかった。

彼女の書いたその一文字、一文字を震える指でなぞってみる。触れた指先から真夏への愛しさが溢れ出してくるようだった。

昴のいなくなったこの店で、真夏はどんな思いでこのメッセージを書き残したのだろうか。

「ごめん……、真夏。……俺、絶対会いに行くから」

昴は手の中のそれを固く握りしめ、自分の心に、そして今はいない真夏に強く誓った。

バックルームを出て、厨房にいる店長に声をかける。

「お疲れ様でした」

お疲れ、と鍋を振るいながら店長が言う。慣れ親しんだ店内を見渡すと、なんだか感傷的な気分になった。でも、後悔はしない。たとえこの身が滅んでも。

「ありがとうございました」

店長は少し驚いた顔をして「どうかしたか？」と尋ねてきた。

「いえ、なんでもないです。お疲れ様でした」

昴はそう言い残して店を出た。この計画は他言無用だ。万が一どこからか漏れて、この計画を阻止されては全てが水の泡になってしまうから。

帰り際、新芝橋の近くの自動販売機でおしるこ缶を購入した。真夏と最後に飲んだものだった。さっき見つけた真夏からの時を超えたメッセージと共に大事に手のひらで包み込む。あの日真夏がそうしていたように、昴も夜空を見上げた。

隣でオリオン座を眺めていた真夏を、つい昨日のことのように思い出すことが出来た。

「ねえ、昴。オリオン座が見えるよ」

繋がれた手を引っ張りながら、今にも駆け出しそうな真夏は空を見上げた。まるでリードに繋がれた犬みたいだ、と昴は苦笑した。

事故の少し前、真夜中に二人で出かけたコンビニの帰り際、静かな小道の空にもオリオンは浮かんでいた。

「オリオン座なんかいつだって見えるじゃん？」

そんなことないよ、と振り返った真夏はオリオン座を指差して言った。

「オリオン座のベテルギウスは、もしかしたらもう存在しない星なのかもしれないんだって」

真夏はどこで仕入れたのか、ベテルギウスの運命について事細かく教えてくれた。もうベテルギウスは星の寿命が九十九・九パーセントにまで達していること。地球から六百四十光年離れているため、地球に超新星爆発の光が届くまでにそれだけの時間がかかること。

「だから私たちはもうとっくになくなっているものを、まだそこにあるかのように見ているのかもしれないんだって。それってちょっと不思議だよね。まるで天然のタイムマシンみたいじゃない？」

真夏は空を見上げたまま呟いた。昴はそれを知ってもう一度まじまじとベテルギウスを見上げた。

一際明るく、そして赤く燃えるその一等星は、まるで夜空に浮かぶ小さな太陽のように見えた。実際には太陽の千倍以上の大きさを誇るというが、遠く離れた地球から見れば小さい。

「でもね、知ってる？　私たちは元々、星屑だったんだよ」

また変なことを言い出した、と思いながら昴は「どういうこと？」と聞き返す。すると真夏が誇らしげに話し始めた。

真夏の説明はこうだった。

この宇宙が誕生した後、最初に出来た元素は軽い水素や、ヘリウム、リチウムだけだった。それらが恒星となり、その内部では核融合反応が繰り返される。するとそこで初めて、人間の体を作る炭素や他の元素が生まれる。その星が長い時間をかけ、寿命を迎えるとベテルギウスのように超新星爆発を起こす。

すると宇宙には炭素を含んだ星屑がちりばめられ、またその星屑たちが集まって今度は炭素や他の元素を含んだ新しい星が形成される。そんなことが繰り返されていくうちに四十六億年前、地球が生まれた。だから元を辿れば人間は昔、宇宙にちりばめられた星屑の一部だったのだ、と。

思わず「へえ」と声が漏れた。素直に感心したし、宇宙という巨大な世界とは無縁に思えた昴でも、その一員であることを実感する。

「まあ全部、本の受け売りだけどね！」

ロマンチックでしょ、と真夏が微笑む。

「宇宙ってすげーなぁ……」

頭上に広がる無限の世界を眺めながら、昴は呟いた。

「……宇宙ではみんな繋がってるんだよ」

ふいに、真夏が繋がれた手に力を込めて握りしめてきた。真夏に視線を戻すと、彼女はじっと昴を見つめて言った。

「……もし私が死んだら、昴はどうする？」

唐突な質問に驚いて、急にどうしたのかと尋ねると、真夏はちょっと聞いてみただけ、と誤魔化した。

考えたくもないけど真夏のいない世界を想像してみる。

「まぁ、泣くかな」

「それだけ？」

「辛過ぎて死んじゃうかな」

「弱ぁぁい！」

言葉とは裏腹に真夏はご満悦そうな笑みを浮かべた。

なんで喜んでるんだよ、と脇腹にツッコミを入れると、真夏はくすぐったそうに身をよじらせて口を尖らせた。

「だって私がいなくなったら死ぬって思ってくれてる人がいるのって、嬉しいじゃん」

真夏のそういう素直なところが好きだった。自分が死んだ後の相手の幸せまで願えることが愛の美学のように考えられる世界で、真夏の言葉こそどこまでも透き通っているように思えた。

「俺は真夏しかいらないよ。他には何もいらない」

繋いだ手を、今度は昴から強く握りしめた。真夏はそれに気づいて繋がれた手に視線を落とし、小さく頷く。

そして真夏は、まるで自分がもうすぐいなくなるような口ぶりで呟いた。

「……でも大丈夫だよ、私たちはまたいつか、この宇宙の中で巡り巡って出会えるから」

あの時、真夏は全て悟っていたのだろうか。

自分がもうすぐ死ぬことも、
昴と遠く離れ、生涯会えなくなる未来が待っていることも。

＊

二月三日、午前〇時過ぎ、晟生はボストンバッグを抱えて高輪ゲートウェイ駅近くで瞳を待っていた。突然呼び出したせいか、瞳はいつもより化粧気がなく、無防備に見えて、いつも以上に可愛いと思ったけれど、それをたやすく口に出来るほど晟生は異性に慣れてはいなかった。

「晟生くんから呼び出しなんて珍しいからびっくりしちゃった。それにしても寒いねえ」

瞳は首を亀のようにコートに埋めながら、白息混じりに言った。寒いのも無理はない。今日日付が変わる頃、東京では雪が降るという予報がされていたからだ。この冬、東京都心ではすでに三度も雪が降っていた。こんなに都心で雪が降るのも珍しい。

ベテルギウス大作戦が決行される前に、晟生にはどうしても瞳に見せたいものがあった。今日はそれを瞳と見れる最後の夜だった。

晟生は瞳を連れて、終電間際の高輪ゲートウェイ駅の線路沿いまで歩いていく。その途中でもう雪がちらつき始めていた。

降り出した雪を手のひらですくいながら、無邪気に喜ぶ瞳を見ていると、晟生まで快い気分になった。

「ここで何するの？」

線路のフェンス際に到着すると、瞳は晟生の顔を見て尋ねた。

「もう少しだけ、このまま待っていてください」

足元にボストンバッグを置き、晟生は中からエネルギー探知機を取り出した。

未来データ送受信器に必要な負のエネルギーを観測するために、陽生が生前に作った装置だ。この装置を使って晟生はこれまで色んな場所に足を運んで測定してきた。そして事故前、晟生はついに高輪ゲートウェイ駅にたどり着いた。まさか自宅から目と鼻の先に、負のエネルギーの発生源があるなんて思いもしなかった。

未来に来てからも調査を繰り返した結果、高輪ゲートウェイ駅の営業が完全に終わった頃に、一時的に負のエネルギーが強まる時間帯があるとわかった。どうやら研究所地下のシェルターの扉を開けるタイミングがあるらしい。時間にしてほんの三、四分。その時だけエネルギー探知機の針が振り切れるほどに強まるのだ。

午前一時過ぎ。雪の粒が大きくなってきた。じっとしていると足の底から身体中冷えきってくる。瞳もまた手を擦り合わせ、息を吹きかけたりして必死に熱をかき集めていた。

よかったら、と晟生はコートのポケットに忍ばせていた使い捨てカイロを瞳に差し出す。瞳は嬉しそうにそれを受け取り頬に擦り付けた。

すると瞳は煌々《こうこう》と佇む近くの自動販売機でホットのコーヒー缶を一つ買い、お返し、と晟生に差し出した。

舌が火傷《やけど》するほどに熱かったが、それは自分で淹れるコーヒーよりも、今まで飲んだどのコーヒーよりも美味しく感じられた。

思わず「美味しい」と言葉を漏らすと、瞳は缶を奪い取り、そして一口飲んで笑いながら言った。

「間接キス、なんちゃって」

一瞬にして身体中に火がついたように熱くなった。

なんちゃって、ではなく、本当の間接キスだ。それを意識すればするほど、手の中に戻ってきたそれに再び唇を重ねることは躊躇われた。体を温める効果は絶大だったけれど。

線路を見つめる瞳の横顔に晟生はさりげなく見入った。厳密に言えばその唇に。

未来が書き換えられた後の彼女はこの先、どんな人と出会い、恋をするのだろう。

胸の奥がチクリと痛んだ。瞳と出会ってからこの痛みは何度か経験してきたけれど、どうやら慣れるような類のものではないらしい。

もし、瞳のその唇に自分の唇を重ねることが出来たなら。もし、それが許されるなら。

こんなことを考えていると知れたら、瞳に幻滅されるだろうか。

雪の中に佇む彼女は、いつにも増して幻想的で、本当に綺麗だった。

この時間が止まればいいと、何度も繰り返し思った。

雪は降り止《や》むことなく次々に舞い落ちてくる。高輪ゲートウェイ駅の明かりが完全に消えてしばらくした頃、エネルギー探知機の針が小刻みに動き始めた。

いよいよ、その時間がやってくる。──次の瞬間、針が一気にメモリを振り切った。

「わあ、すごい！」

同時に線路上を眺めていた瞳が歓喜の声をあげた。

線路上に舞っていたはずの雪が、時間を巻き戻したように次々に空へ昇っていくのが見えた。重力に逆らい、まるで天に帰っていくみたいに。

それは、前回東京で雪が降った時、晟生が偶然見つけた光景だった。

この非現実的な光景はきっと、世界中ここでしか見られない。

その神秘的で特別な光景を、晟生はどうしても瞳にも見せてあげたかった。たとえ明日、全ての記憶が消えてしまったとしても、記憶が塗り替えられてしまったとしても、今この瞬間は、間違いなく本物だ。

瞳は子供のようにはしゃぎながらその光景に目を奪われていて、晟生はいつの間にか雪よりもそんな瞳の姿を目に焼き付けようとしていた。

幻想的なスノーショーは、ほんの数分で終わりを告げ、再び雪は重力に引き寄せられるように線路上へと舞い戻っていった。

「ありがとう、晟生くん。こんなロマンチックなデート生まれて初めてだった」

瞳を家まで送り届けると、彼女はまだ興奮冷めやらぬ様子で嬉しそうに言った。

今日のことを瞳がデートだと思ってくれたことが素直に嬉しかった。

「あのさ……晟生くん」

瞳は一度何か言いたげに口を開いたけれど、結局「やっぱり何でもない。……じゃあまた明日」手を振ってエントランスの中へと消えていく。

晟生は咄嗟に引き止めようと伸ばしかけた腕を、そっと戻した。

これ以上望んではいけない。二人にはもう、未来はないのだから。

晟生が奥歯を噛み締めて、今にも溢れ出しそうな衝動をじっと堪えた。

瞳の部屋の電気が灯ったのを見届け、晟生は静かにその場を立ち去った。

痛いくらいに冷たく降り続いていた雪が、いつの間にか止《や》んでいた。

＊

ベテルギウス大作戦当日。初めて顔を合わせるその男は、紺色のスーツにグレーのコートを身にまとい、明らかに緊張している様子だった。これではまるで就活生だ。

「彼が旦那の正木《まさき》涼《りょう》さん」

リビングに入ってきた優季がそう紹介すると、彼は深々と勇作に頭を下げた。背はあまり高くなく黒髪《くろかみ》だが襟足が少し長いのが気になる。丸っこい童顔で、年下のはずの優季に比べ若く見えた。全くこんな子供に毛が生えたような男で大丈夫なのか、と早々に文句の一つでも口にしようとした途端、

「ほら、とりあえず座りなさい。まだお昼だけどパスタにしたから、召し上がるでしょう？」

と依子が二人に促した。

昨夜から依子が家に帰ってきていた。娘夫婦を自宅に招くために家を片付けに来たのだろう。家はゴミ屋敷《やしき》寸前の有様だったが、文句ひとつ口にせず、依子はテキパキと家中隈なく掃除して回った。

数ヶ月かけて溜め込んだゴミは、一夜にしてすっかり片付けられ、家の垢《あか》は綺麗に落とされた。

　優季の腹は最後に見たときからさらに大きくせり出し、体の肉付きもよくなっているように見える。そんな優季を気遣うように涼は椅子を引いてやったり、体を支えてやったりしながら心配そうに声をかけている。確かに真面目そうだが、頼りがいがありそうかと言えば違う。寄りかかった途端に折れてしまう枝木のような心許《こころもと》なさが、薄っぺらい胸板に滲んで見えた。

「お父さん、顔怖いってば」

　思い切り値踏みしていたのが優季にバレてしまったらしい。けれど一人娘を突然奪われたのだ。少し脅してやるくらいしたってバチは当たらないだろう。

「涼くん、と言ったか。申し訳ないが、俺はこの結婚を認めたつもりはない」

　お父さん、と後ろから依子が止めにかかるのを振り切って勇作は続けた。

「お前には理解出来んだろうが、この五年は俺にしてみればほんの一瞬で過ぎてしまった。今でもまだここが未来だと完全に理解はしきれん。数ヶ月前まで娘はまだ未成年だったんだ。それを俺がいないうちに突然知らん男に奪われて、おまけに孕《はら》まされて黙っていられる親なんかいると思うか」

「突然って、お父さんが勝手に居なくなって……」

咄嗟に庇《かば》おうとする優季を「いいから」と窘《たしな》めたのは涼だった。彼は姿勢を正し、真っ直ぐに勇作に向き合って話を聞く姿勢をとった。

「なぜ、俺の帰りを待たず勝手に結婚したんだ？　面倒臭そうな親父《おやじ》が消えて、どうせ肩の荷を下ろしていたんだろう。そんな甘い考えの奴に俺の娘はやれん。今日はそれを伝えるために来てもらったんだ。わかったら帰ってくれ」

勇作はそう言い切ると、席を立ち上がった。

「いえ、帰ることは出来ません」

涼は膝の上で拳を握りしめたまま、微動だにせずそう言った。

「確かにお父様へのご報告が遅れてしまったことは申し訳なかったと思います。ただ、お父様が訳もわからず突然事故に巻き込まれたように、僕たちもお父様がいつご帰還なされるのかもわからない状態でした。当然、僕以上に優季やお母様のご心配は計り知れないものだったと思います。ですが、その事故をきっかけに僕の中で優季を守りたいという気持ちがそれまで以上に芽生えたこともまた、事実です」

涼は終始勇作の目をじっと見据えていた。胸板の薄さに似合わず、案外肝の据わった男なのかもしれない。勇作は目を逸らさずに「だからなんだ」と彼を睨みつける。

「優季と僕が出会ったのは大学の天文サークルです。優季は昔お父様と望遠鏡でオリオン座大星雲を見た時の感動と美しさを忘れられずに、天文サークルを選んだと教えてくれました」

そう言われて、ずっと埃が被ったままだった遠い昔の記憶が蘇った。

勇作が今の工場でロケット部品の加工などを手がけるようになる前のことだ。結婚する前に自腹で買った望遠鏡を抱えて長野の山奥へ幼い優季を連れて出かけたことがあった。空が澄んでいた一月の夜。幼い優季でも認識出来る、もっともわかりやすい星座としてオリオン座を教えてやった。そして望遠鏡で見せてやると優季はそれを覗き込みながらこう言ったのだ。

「パパ、オリオン座に天使がいるよ」

一体何のことを言っているのかと覗き込んでみると、それはオリオン座大星雲のことだった。蝶《ちょう》が羽を広げているようにも見えるその形を、彼女は天使だと言ったのだ。それを今でも優季が覚えていたということに勇作は驚いた。

「優季はお父様のお仕事をいつも自慢していました。僕も宇宙好きの端くれとして大変尊敬しております」

いつかあの星たちのもとへ自分の手が加わったロケットを飛ばしてみたい。宇宙を夢見るのは人類の性だ。あの頃胸に抱えていた情熱を、最近少しだけ思い出していた。晟生が当時の自分と同じ目をしていたからだ。

「僕はそんな優季を好きになったんです。お父様を尊敬し、話すたび溢れる彼女の笑顔を見ていると、自分がこれまで生きてきた意味が腑《ふ》に落ちるんです。僕はこの笑顔をずっと守っていきたい。これまでご家族に守られてきた彼女の笑顔を、そして新しい命を、これからは僕も一緒に守らせてほしいと思っています」

ふいに涼が立ち上がったかと思うと、テーブルの脇に手をつき正座をして勇作を見上げた。

「優季を今日まで育てていただきありがとうございました。お父様、どうか娘さんを僕にください。必ず幸せにします」

涼はそう言って勇作の前で頭を下げた。ついこのあいだ同じように土下座をされたばかりだ。全く最近の若者は軽々しく土下座なんぞしやがって。土下座をすれば何でも望み通りにことが運ぶとでも勘違いしているのだろうか。

だめだ、と勇作は早々に突っぱねた。

「承認を得るまで僕は帰りません」

床に額をつけたまま涼が言う。勇作はその後頭部に向けて尋ねた。

「……もし、娘のためにお前が死ねと言ったらお前は死ぬのか」

「僕の命で彼女が助かるのなら僕は死にます」

　ふざけるな、と勇作が怒号を飛ばす。張り詰めた空気の中、涼が恐る恐る顔を上げて勇作を見上げた。

「違う。お前は絶対に死ぬな。俺に何を言われようと、誰に何を言われようと、お前は絶対に優季が死ぬ時まで死ぬな。それが守るってことだろう。俺はこれからもこの結婚は認めない。お前がここでどんなに頭を下げたって答えは一緒だ。お前に頭を下げられたって娘が幸せになるわけじゃない。悔しけりゃ優季を思い切り幸せにしてみろ。俺をぎゃふんと言わせるくらいの覚悟を見せてみろ。そしてどんなに苦しくても家族のために働け。……でも、俺みたいになるんじゃねえぞ」

　徐々に勢いを失った言葉尻の代わりに、勇作は固く拳を握りしめていた。

「俺は家族を守れなかった。お前にえらそうなことを言える立場でもねえ。しかし優季は死んでも俺の娘だ。それは何があっても変わらん。娘の代わりに死ぬのは俺の役目だ。だからお前は、優季が死ぬまで死ぬな。もし優季を泣かせたら、その時は俺が殺してやる」

　言ったそばから、優季が椅子の上ですすり泣き始めた。

「ごめんなさいね。お父さん、本当に言葉を選ぶのが下手くそで」

依子が優季にハンカチを手渡し、背中をさすってやりながら、さりげなく勇作をフォローする。依子はいつも勇作の欠点を補う後ろ盾のような存在だった。

「いつか、きっとお父様にも認めていただけるように尽くします。優季の笑顔で、必ず解《わか》っていただけるように日々精進させていただきます」

するりと立ち上がった涼は精悍《せいかん》な顔つきだった。ふん、と鼻を鳴らすと依子と優季が顔を見合わせてクスクスと笑い始める。何がおかしいのか全くわからない。だが、久しぶりに見た二人の笑顔に、さっき涼が言った言葉がすっと胸に落ちた。

（彼女の笑顔を見ていると、自分がこれまで生きてきた意味が腑に落ちるんです）

「じゃあ、食事にしましょうか」

そうキッチンに引っ込んでいく依子を、勇作が引き止める。

勇作は胸ポケットから白い封筒を出してテーブルの上に置いた。三人は顔を合わせ、優季が代表してその封筒を開く。

「羽田《はねだ》、那覇《なは》空港……え、飛行機のチケット？　しかもこれ今日出発じゃん！　なにこれ？」

思いがけずに驚く優季が勇作を見遣《みや》った。

「飯を食ったら、そのまま三人で沖縄に行け」

勇作はベランダを開け、タバコに火を点《つ》けながら言う。

「そんな急に言われたって困りますよ、準備も何も……、仕事だって！」

依子が慌てて駆け寄ってきて眉を寄せ立ちはだかった。

「いいから行け！　ホテルもちゃんと取ってあるから心配ない。今日一日が無事に過ごせたなら、明日の朝一で帰ってきてもいいから」

「今日が無事ならって？」

つい、口が滑ってしまった。今夜、万が一にも地球が滅亡するかもしれないなんて言えるはずもない。滅亡するのが地球なのか、はたまた日本なのか、それとも東京なのか、それとも何事もなく終わるのか。それは実際に起きてみなければわからないが、起きてからでは遅い。これから生まれてくる命と家族だけは、せめてこの危機から遠ざけておきたかったのだ。

「とにかく行け。仕事は体調が悪いと言って休めばいい。たった一日くらい何が問題だ」

「でも、お父さんは行かないの？」

不思議そうに優季が首を傾げる。勇作にはこれからタイムマシンを高輪ゲートウェイ駅に届けるという重大な任務が待っていた。自分まで避難するわけにはいかない。

俺は、と何かうまい言い訳はないかと探していると、「行こう」と涼が口を開いた。

「ほら、子供生まれたらしばらく遠出なんか出来なくなるわけだし。準備なんかしなくても同じ日本なんだからどうにでもなるって。せっかくお父様が用意してくださったんだし、お母様もぜひご一緒に」

依子はしばらく反論を続けたが、涼の熱意に根負けした形で沖縄行きに同意した。

早々にパスタを食べ終え、慌ただしく身支度を終えた依子を乗せて、娘夫婦の車で三人は羽田空港に向かう。あっという間にスーツケースいっぱいになった依子の荷物をトランクに積み込み、依子と優季を車に乗せた後、涼が一人勇作のもとへ寄ってきた。

「何をお考えかはわかりませんが、くれぐれもお気をつけて」

涼はまるで何かを察しているようだった。勘のいい男だ。そういう空気を察する力は事前に守備を固める力になる。持っていて損はない。

「娘を、頼む」

こんなセリフを自分が口にすることになるなんて、ドラマの見過ぎだなと自嘲する。

でもこれが父親のあるべき姿なのかもしれない。

「はい、お約束します」

涼は深く頷いて、車に乗り込みハンドルを握った。

「何かあれば電話してくださいね！　あと工場の戸締りもしっかりお願いします」

車窓に張り付いてあれこれと心配事を並べる依子。離婚を決めた相手に全くどこまで心配性なのか。

「じゃあね、お父さん。お土産に泡盛買ってきてあげるから！」

依子とは裏腹に、若さゆえの柔軟さですっかり沖縄気分の優季が窓から手を振っていた。奥で軽く一礼した涼がアクセルを踏み込む。

もしかしたらもう、これきりかもしれない。勇作は内心そう思いながら、車が角を曲がり見えなくなっても、しばらくその残像を眺めていた。

トラックの荷台にタイムマシンを乗せて勇作は工場から加藤の経営するドローン会社に向かった。夕方過ぎには日が落ち、長い夜が始まっている。信号待ちをしながらふと、空を見上げた。いつもと変わらない東京の明るい夜空だ。

今朝からニュースは頻繁にチェックしていたが、流星群が到来するという情報はまだない。どのチャンネルも先日発表された人気アイドルグループの解散や、辞任しても不死鳥の如く次々と湧いてくる政治家の不正疑惑ばかりを繰り返し報道していた。

全くこっちの気も知らないで呑気なものだ。

果たして本当に流星群は到来するのだろうか。もし地球に接近しているのであれば宇宙研究開発機構がすでに察知しているはずだ。一体何が起ころうとしているのか。未だ想像もつかない。

それでも勇作は晟生のあの眼差《まなざ》しを信じていた。昔野望に燃えていた頃の自分を見ているようだったから。

加藤の運営するドローン会社の倉庫は、偶然にも高輪ゲートウェイ駅の目と鼻の先、品川にあった。これも運命というのだろうか。

「おう、来たか」

勇作のトラックが停止する音に気づいたのか、こちらから出向く前に加藤が倉庫の中から顔を出した。つい先日飲んだばかりだから、今度はお互い驚き合うこともない。勇作はトラックから降りると加藤のもとに向かった。

「悪いが、今日は頼むよ」

全くなんて頼みだよ、と苦笑しながら加藤は肩を竦めた。

「いくらお前の頼みとはいえ、犯罪に加担することは俺にも出来ない。だから俺はもう帰るよ。スタッフも今日は全員退勤させた。俺は何も見ていない、それでいいな？」

そう言いながら加藤は、勇作に倉庫の鍵を手渡した。

「ああ、もちろんだ。恩に着るよ」

「にしても本当なのかよ、タイムマシンが完成したなんてさ」

加藤は半信半疑という顔で言った。こんなことに巻き込んでしまう手前、もちろん加藤には全て包み隠さずに話していた。勇作の言葉だけでここまでよく信じる気になってくれたものだと思う。

勇作はトラックの荷台を開け、そこに積み込まれたタイムマシンを加藤に見せてやった。

「俺は設計図通り作っただけだ。設計したのはまだ二十代の若造だよ。全く大した野郎だよ。とはいえ、ワームホールが開かなきゃただの走る鉄屑《てつくず》だけどな」

「でもさ、その流星群ってやつ、本当に来るのか？　一日中ニュース見てたけど、そんな情報ひとつもなかったぞ」

「俺も一体どうなっちまうのかわかんねえよ。でも、お前は東京離れなくてよかったのか？」

加藤はちらりと勇作を横目で見てから、空を見上げた。

「そんな天体ショーが東京で観れるかもしれないって時に、遠くへ逃げるバカなんかいないでしょうが」

天文バカはどっちだ、と思ったがそれ以上のバカばかり見てきたせいで慣れてしまった。それに自分だって、そのバカのうちの一人なのだから。

加藤が鍵を残して倉庫を出て行ったあと、勇作はその鍵で中に入った。

倉庫には数台の巨大ドローンが並べて置いてある。二〇二五年現在の技術により、貨物ドローンの輸送最大重量は五トンまで可能になっていた。タイムマシンの重さを考えてもこれなら十分に可能だ。

勇作は晟生に連絡し、事前に加藤から教えてもらっていた遠隔操作用ページのアクセス方法とパスワードを伝えた。このドローンを遠隔で動かすのは晟生の役目だ。

勇作の役目は、このドローンにタイムマシンがしっかりセットされたのを確認し、空へ送り出すところまでだった。

電話越しの晟生が不意に言った。

（牧さん、奥さんに手紙って渡したことありますか？）

突然なんのことか。どうも晟生には、この作戦を実行する前に手紙を渡そうか否か迷っている相手がいるらしかった。なぜそんな話を自分にするのかと尋ねると、既婚者が他にいないから、と言った。ということは自《おの》ずと相手は女だと想像出来る。前々から晟生と瞳の仲を怪しんでいたがそういうことか。年甲斐《としがい》もなく野次りそうになって止める。自分にもそんな初々しい時期があったな、と若き日の依子を思い出した。勇作には勿体《もったい》ないくらいの気立てのいい別嬪《べっぴん》だった。口下手な勇作がどうにか依子を口説こうと書いたことのある一通の手紙。

それを依子はいつも財布の中に折りたたんで入れていた。恥ずかしいから捨てろと言っても、それだけは決して勇作の言うことを聞かなかった。

一度だけある、と勇作は電話越しに言った。

「後悔はしていない」と勇作は続けた。

晟生は、その事実を意外そうに受け止めたようだった。

勇作は一本電話しなければならない、と言って電話を切り、別の番号へとかけ直す。

携帯を耳に押し当てると、すぐにスピーカーの向こうで(はい)と声がした。

「今、どこだ」

(今どこだって沖縄ですよ、あなたが予約したホテルです)

電話口の依子が呆れたように言う。当然だ、勇作の質問が間違っていた。

返す言葉もなく「そうか」と頷く。

（どうかされましたか）

「いや、何でもない」

（珍しいですね、何もないのに電話してくるなんて）

次の言葉が見つからずに勇作は無言のまま電話を握る手に力を込める。

その沈黙に付き合っていた依子がふいに口を開いた。

（……何もない時間はいつも、君のことを考えていた）

依子の言葉に、勇作はカッと顔から火を吹き出した。

「おい、やめろよ」

思わず声を荒らげると、依子の柔らかな笑い声が耳元に響いた。

（覚えていたんですね）

言い当てられて、決まり悪く押し黙る。

それは悩みに悩んで勇作が依子に宛てて書いた手紙の一文だった。手紙など生涯その一通しか書いたことがない。その内容を忘れてしまうほど、まだ呆《ぼ》けてはいなかった。

（私は忘れたことはありませんでしたよ。あなたはいつも仕事のことで頭がいっぱいだったけれど、ふとした何もない瞬間に思うのは私のことなのだと、そう思うとどん

なに辛くても頑張れるような気がしました)

依子の声が、微かに震えているように聞こえた。

いつからだっただろうか。彼女の弱音一つにも耳を傾けてやれなくなったのは。依子が出て行ったのは必然だ。全て自分が悪い。口下手な自分を選んだ依子だから、言わなくてもわかる、伝わる、と甘えていた。いいように解釈して二十年以上こんな夫婦の形を続けてきてしまった。愛している、はおろか、感謝や謝罪さえも口にせずに。

「すまなかった」

勇作はそう言って深く目を伏せた。今度は依子の方が言葉を失っているのが伝わってくる。

「ありがとう、依子。今日まで静かに俺の人生を支えてくれて」

依子は電話越しに泣いていた。

ふいに、別の着信が入ったことを知らせる音がする。最生がまたかけてきているのだろう。そろそろドローンを動かし始める時間だ。

頷き、「悪い、これから少し仕事があるからもう切るぞ」と声をかけると、依子は最後に投げかけるように言った。

(その仕事が終わったら、明日一日くらい休んであなたもこっちへ来てください。待

っていますから）

勇作はようやくその時、自分が今まで勘違いしていたことに気がついた。夫婦の帰る場所は、隅まで掃除の行き届いた家でも、夢を追いかけ続けた工場でもなく、妻である依子のいる場所なのだと。

＊

駅に隣接したビルからトートバッグを提げた男が早足に出てくる。何度も腕時計を確認しているあたり、待ち合わせ時間に遅れそうなのだろう。

人混みの中、慌てた様子で高輪ゲートウェイ駅に駆け込もうとするその男と真太郎は肩がぶつかった。すぐさま男は頭を下げ、改札を通ってホームへ駆け上がっていく。

「あ、すみません！」

真太郎はそのまま人混みをかき分け、男が出てきたビルの入り口へと向かった。その手には、さっきの男の顔写真付きの入館証が握られていた。

午後五時七分。

ビルに入ると、真太郎は何食わぬ顔でその入館証のＩＣチップをかざして、入館ゲートをくぐり抜ける。この時間外からの来客者や、帰宅する職員らでごった返す玄関口では真太郎一人、見知らぬ顔があったとしても誰も気にも留めない。

そのまま階段を使い、二階へ上がると同階のトイレへ直行する。この研究所内のフロアデータは、晟生のハッキングにより全て真太郎の脳の中にインプットされていた。トイレに人は居なかった。その隙に真太郎はトイレの窓を開ける。外を覗くと、フェンスがあり、すぐそこは線路だった。トイレの窓を閉め直すが、鍵は開けたままにしておく。万一追い出されたとしても、ここが開いていればフェンスをよじ登り中に入ることは容易《たやす》い。

そこから決行時間になるまで、トイレの個室にこもってひたすら待機する。

その間、真太郎はバッグの中をチェックし直した。果物ナイフ、ロープ、軍手、マスク、ライター、それから手のひらサイズの丸い玉が数十個。丸い玉にはすべて尻尾がついていて、カラフルなおたまじゃくしのようだ。

午後八時半過ぎ、真太郎はタイミングを見計らいようやく個室から顔を出した。

窓の鍵はまだ開いたままだ。真太郎はトイレを出ると、防犯カメラの死角となる廊下で立ち止まる。その頭上には火災報知器が設置されていた。

真太郎はバッグの中からさっきの丸い玉を一つ取り出し、ためらいもなくその導火線に火をつけた。

それを火災報知器に近づける。たちまち、おびただしい白煙が激しく噴き出してきた。

次の瞬間、火災報知器が作動し警告音がビル内に響きわたった。真太郎は次々にその煙玉に火をつけ廊下に落としながら、階段で一階へと降りていく。

一階に到着すると、各階から血相を変えた職員らが出口目がけて走ってくる。あっという間に辺りは混乱に包まれた。二階で煙を見たという人物の証言により、その混乱はますます深くなり、入館ゲートは人で入り乱れる。地下から白衣に身を包んだ数名の研究員たちが駆け上がってくる。その中に、事前の晟生との打ち合わせにより顔を認識していた男がいた。

真太郎はその混乱を利用し、その人波に逆らうように彼に近づいていく。その手には果物ナイフを隠し持っていた。

「一体何事ですか⁉」

「二階で火事があったみたいです！」

騒然とする一階のゲート近辺で、誰も真太郎が部外者だと気づいていない。

真太郎はそのまま男に突進していき、すれ違いざまに男の首からかけられているカードケースの紐《ひも》をナイフで切った。一瞬の出来事にその男は何も気づいていない。

真太郎はそのまま一人、階段で地下へ駆け降りていく。マスクで顔を覆ってフード を目深に被り直し、地下三階まで降りると、そのまま一番奥のシェルターを目指す。

防犯カメラは避けられないが、この階に人はもう残されていなかった。

一番奥のシェルターに入るには、一部の研究員しか所持していないカードキーが必要だった。真太郎は男から奪ったカードケースの中から、そのカードキーを抜き出し侵入に成功した。

中にはさらなる厳重な扉が待ち構えている。もちろん、想定内だ。そこに入るにはパスワードが必要になるが、それも晟生によって入手済みだった。

この先に、ワームホールを実現させるのに絶対に必要な物質が眠っている。一体どんなものなのか。それは晟生でさえまだ実物を見たことはない。

さすがの真太郎でさえ、少し緊張していた。

覚えてきたパスワードを入力し、ボタンを押す指が柄にもなく微かに震えた。重厚な扉が低い音を鳴らしてゆっくりと開かれる。

その扉の中にあったものを目の当たりにして、真太郎は息を飲んだ。

「なんだよ、これ……」

シェルターの中で、巨大な石の塊が空中に浮かび上がっていたのだ。

直径五メートルはある隕石かなにかだろうか。それは重力を全く無視し、何の力も加えられずに宙に浮いていたのだ。こんなものが高輪ゲートウェイ駅の地下に埋まっていたなんて誰が信じるだろう。それこそ世の中に知れ渡ったらとんでもない大ニュースだ。とはいえ重力にさえ反発するこの物質を外部へ移動させることは至難の業であるはず。だからこそ、大都心の真ん中に研究所が建てられたのだろう。最生曰《いわ》く、駅建設のために掘り起こされた地層から見つかった物質らしい。普段はシェルターの中を真空状態にして保存されているらしく、地上には微弱な負のエネルギーしか届かない。だが、このシェルターの扉が開かれることによって、より強い負のエネルギーが地上へ放出されるのだと言う。

真太郎は腕時計を確認し、ドアを開け放ったまま来た道を戻っていく。発見を遅らせるため、煙玉を無数に落としながら階段を駆け上がった。

一階の玄関口前にはもう消防車や警察が集まり始めている頃だろう。

真太郎は二階まで上がり、待機していたトイレまで戻った。

午後九時四分。

トイレの窓を開け放し、真太郎はそこから身を乗り出した。

すると、線路の上空でバタバタと風を巻き起こしながら、ドローンがタイムマシンを線路上へ着地させようとしているのが見えた。

その側で、晟生と昴がすでにフェンスを乗り越えて待っている。

「いよいよ来たか」

真太郎は口角を引き上げて薄ら笑いを浮かべると、躊躇なく二階の窓から飛び降りた。

＊

国道十五号線に迫る勢いで立ち並ぶ高層ビル群の向かいには、未だ昭和から平成の時代を感じさせる建物がたくさん残っている。そのひとつ、高輪ゲートウェイ駅を眺めるように、ぽつりと時を止めた神社があった。

東京にしかないようなビルの上に設けられた秘密基地のような小さな神社だ。創建年月は不明。そこでベテルギウス大作戦直前の最終ミーティングをすることになっていた。

瞳が到着するとすでに晟生、昴が石段に座っていた。

「お疲れ様です」昴が一礼する。その顔は緊張に張《みなぎ》っていた。晟生は膝の上に乗せたPCをいじりながら誰かと電話で話しているところだった。

午後七時。決行まであと約二時間。

「あと二人は？」と瞳が尋ねると、

「真太郎さんはもう侵入開始してるみたいで、牧さんは別働隊で動いています」と昴が教えてくれた。

「全く真太郎さんって何者なんだろうね」

そう呟くと、電話を終えた晟生の口から予想だにしなかった答えが返ってきた。

「僕の兄です」

思わず声をあげてしまった。

目を見開く瞳に、晟生はPCのキーボードをカタカタと叩きながら何でもないことのように頷いた。あの兄にしてこの弟ありか。似てないはずの二人が妙にしっくりと感じた。〝変わり者〟という意味でだ。

「瞳さんは浜松町から午後九時二分発、京浜東北線大船方面行きの電車に乗り込み、電車が出て田町駅に到着する寸前で緊急停止ボタンを押すのを忘れないでください。あとこれを」

カラフルな煙玉を晟生から手渡される。それについては事前に説明を受けていた。車内でこれを着火し、火災と思わせて電車を止める。扱うのは初めてだった。ただ煙が噴き出すだけで手に持ったままでも大丈夫だというが、瞳が失敗すれば最悪大事故につながる可能性もある。責任は重大だった。

「出来るだけ騒ぎが大きくなるようにしてもらえると助かります。万が一、次の電車が動き出してしまうと、最悪、電車ごとワームホールを通過してしまう可能性があります。前回僕たちは未来データ送受信器のおかげで無傷で済みましたが、あのような電車の耐久性では本来押しつぶされて多数の犠牲者を生む。だから、罪悪感は持たないでください。むしろ、瞳さんによって多くの乗客の命が助かると思ってください」

気遣いのつもりなのだろうが、罪悪感の代わりに責任感という重荷を担がされただけのような気がする。

だが、今さら怖気《おじけ》づいて逃げるわけにもいかず、瞳は静かに頷く。

晟生が腕時計に目をやり、PCを閉じる。そして、ボストンバッグから晟生がつけているものと同じ腕時計を二つ取り出して、二人に渡した。

「これは自動巻き時計です。もしワームホールが出現した場合、その周辺の磁場が乱れ、この先スマホや電波を発するものが使えなくなる可能性があります。この腕時計ならその心配はありません。時間厳守のため時間はこの腕時計で確認するようにしてください」

時刻はすでにセットされていて、秒針が規則正しく弧を描いていた。

晟生が時間を確認する。そろそろ各自待機場所に移りましょうか、と膝の上のノートPCをボストンバッグに突っ込んだ。

「せっかくだし、成功祈願でもしておこうよ」

瞳は不安をかき消すように自ら明るく立ち上がった。

賽銭箱《さいせんばこ》に小銭を投げ入れ、手を合わせる。

(無事、皆の夢が叶いますように。そして願わくは……)

参拝を終え振り返ると、手を合わせている昴の後ろに立っていた晟生と目が合った。

「晟生くんは神頼みとかしないの?」

「あまり、そのような習慣はないので」と晟生は答えた。晟生らしいといえば晟生らしい。

ここから三人は高輪ゲートウェイ駅へ向かい、瞳は浜松町へ、晟生と昴は駅の反対側の線路脇で待機する。反対側に渡る〝提灯《ちょうちん》殺し〟と呼ばれたガード下トンネルが過去にはあったのだが、もう無くなっていた。五年という歳月が哀愁を漂わせる。

高輪ゲートウェイ駅前で、いよいよなんだね、と瞳は深呼吸をしてから呟く。

「これで成功したら、記憶も全部消えちゃうかもしれないんだよね」

振り返り、瞳はちらりと晟生に視線を送った。実際にどうなるかは誰にもわからない。もし計画通りタイムマシンが飛んだとしても、記憶が残る可能性もゼロではない。晟生の言う記憶の書き換え理論ではなく、パラレルワールドが存在する場合。もしくは過去へのタイムトラベルが失敗した場合。しかしそれをここで口には出来ず、瞳は黙っていた。

――願わくは、晟生との記憶を無くさないでください。

そんなことを神頼みしたのは、不謹慎だっただろうか。

「だから、今のうちに言っておくね。ありがとう。昴くんも、それから晟生くんも。皆に逢《あ》えてすごく楽しかったし、嬉しかった……全て忘れてしまうのは悲しいけど。真夏ちゃんがここにいる世界を、それ以上に見たいって私は思った。だからきっと、成功させてよね！」

瞳は昴の肩を思い切り叩いて喝を入れる。

「必ず真夏のいる未来にします」

「うん、約束！　私も頑張るから！」

すると、徐に晟生が近づいてきて、そして瞳のコートのポケットに何かを入れた。

「もし、不安になったら見てください」

晟生は瞳をじっと見つめたあと、背を向けて昴と共に駅の反対側へと歩いて行った。

午後八時五七分。

帰宅ラッシュを少し過ぎているせいか、思っていたほどホームにいる人は多くはない。

高輪ゲートウェイ駅から浜松町駅へ戻り、瞳はちょうどホームの中央に近いベンチに腰を下ろしていた。予定時間までもう少しある。

ホームから覗く空は昨日の雪が嘘のようによく晴れていて、天体観測日和だ。本当にここに流星群がやってくるのだろうか。

今日も右肩を失ったオリオン座が輝いていた。その時思い出したのは、瞳の誕生日に会いに来てくれた晟生のことだった。

瞳は右手の甲を摩《さす》る。晟生の骨ばった手の感触、照れて無口になった表情がまぶたの裏に蘇る。

ついこの間まで、気づくと一日何十回も元春のことを考えていた。戻れないとわかっていても何かにつけて心が勝手に繋がろうとしていた。朝目覚めた時、歯を磨いている時、着替えている時、余裕を持って靴を履いている時、出勤中、一人食事をしている時、花の水やりをしている時、お風呂に浸《つ》かっている時、一人ベッドに潜り込む夜。それだけじゃない。彼が好きだった映画の再放送、毎年必ず彼が食べていた季節限定のハンバーガーの広告、彼が好きだったアーティストの曲、彼と歩いた道、彼に褒められた自分の胸の形や、鎖骨のほくろにさえ元春は住み着いていて、もう逃げ場はないと思っていた。その一つにオリオン座も含まれているはずだった。

けれどオリオン座を見て思い出すのはもう、元春ではない。晟生だった。あまりにも単純すぎて笑ってしまう。こんなにもあっさりゴールを見つけてしまえるなんて。

恋の終わりはいつも静かだ。

あの恋が今、終わろうとしていることに瞳は改めて気づいた。同時に新たな恋が芽生えようとしていることにも。けれどそれと向き合うには少し、遅かった。

真新しい腕時計に彼を投影する。午後九時一分。大船方面行きの電車が到着するアナウンスがホーム流れ、青のラインが入った電車がホームに立ち並ぶ女性の髪を揺らして到着した。瞳は立ち上がり、肩から下げていたトートバッグの肩紐《かたひも》を握りしめる。そしてホームに列をなす人たちの後ろに並んだ。

ホームドアが開き、続けて電車のドアが開かれる。帰路に就く人々や、これから夜を楽しもうとするカップルらがホームに雪崩《なだ》れ込《こ》んでくる。入れ替わりに電車に乗り込み、瞳はドアのすぐ脇に陣取った。そのすぐそばに設置された緊急停止ボタンを確認する。車内も人は多くはなかった。座席にはちらほらと空きが見え、立っている人も少ない。スマホに夢中な人、寄り添って眠るカップル。誰も瞳のことなど気にも留めない。

電車の発車を待つ数秒が信じられないほど長く感じられた。バクバクと鼓動が波打っている。これから瞳は犯罪を犯すのだ。これまでの人生では未成年のうちに友人と酒を飲んだことくらいだろうか。

もし、ベテルギウス大作戦が失敗に終われば、瞳は間違いなく駅員らに取り押さえられて、警察沙汰になるのは目に見えている。その不安を振り払うように晟生の言葉を脳裏で繰り返す。

罪悪感ではなく、責任感を持たなければ。

不意に思い出し、瞳はさっき晟生から渡されたものをポケットから取り出した。

入っていたのは一枚の写真。昨夜の幻想的な雪景色だった。そして後ろ姿だけれど、それでも伝わるほどはしゃいでいる瞳の姿が写っていた。

いつの間にこんな写真を撮っていたのだろう。

「……綺麗だったね」

瞳が呟いた言葉を、乗客の誰一人聞いてはいなかった。

思えば誰かに写真を撮ってもらうことなんてほとんどなかった。元春の写真や、無理やり一緒に写った写真は山ほど保存されていたけれど、元春のスマホにはきっと瞳の写真なんか保存されていないに違いない。そんな他愛ないところで、愛の重さは天秤《てんびん》にかけられるのだ。写真はいつだって、撮影者の特別な瞬間を表しているのだから。

晟生はあの瞬間を特別だと思ってくれたのだろうか。

そして、その写真の裏に書いてあった一行のメッセージを読み、瞳はそっと目を閉じて、覚悟を固めた。

(僕はきっと、あなたのことを忘れません)

ドアが閉じられ、ゆっくりと電車が加速し始める。浜松町駅のホームを通り過ぎ、窓の外にはやはりオリオン座が見えていた。

それを合図に瞳はバッグの中から煙玉を二つ取り出し、自身の体で手元を隠してそれらにライターで火をつける。電車の中で火をつけるだけでも、かなり大変なことだ。

次の瞬間、途端に煙玉から煙が噴き出した勢いに驚き、思わずそれを手放してしまった。転がり落ちた煙玉は座席の下から白煙を吐き出し続ける。

「煙だ！」

奥の席に座っていたサラリーマンが異変に気づいて煙玉の方を指差した。途端に車内は騒然となる。乗客が次々と隣車両に避難していく。

「誰か！　緊急停止ボタンを押してください!!」

計ったように誰かがそう叫び、そして瞳は緊急停止ボタンを指で強く押し込んだ。

（何かありましたか？）マイクから乗務員の声が聞こえる。

「火事です！　至急電車を止めてください！」

すると、凄《すさ》まじい警報音が車内に響きわたった。電車はその場で急停止はせず、すぐ近くまで来ていた田町駅ホームに無事たどり着いた。

ドアが開き、乗客が一斉に電車を降りる中、駅員が駆けつけるよりも先に、乗客が座席シート下の消火器で鎮火を試みていた。もちろんそれはただの煙玉で、火は一切出ない。そのことがバレるまで、そう時間はかからなかった。

駅員が駆けつけた頃には、その乗客によって煙の正体が煙玉であることが解き明かされてしまった。

このままでは、すぐに運転が再開されてしまう。

もしそんなことになれば、最生たちの計画はおろか、乗り合わせる乗客たちの身にも危険が及ぶことになる。

瞳はその混乱の中、意を決してホームの先頭車両の方へ走り出した。

そしてそこから線路上に飛び降り、電車の前で両手を広げ立ちはだかった。

すぐにホームにいた乗客がその異変に気づき、駅員を呼び寄せている。

少しでも出発を遅らせようと瞳は必死だったが、内心怖くて膝が震えていた。だが、それも時間の問題だ。

「君、何してるんだ!!」

瞳を見つけた駅員が、ホームから怒鳴り声をあげ、線路へ降りてこようとしている。

もうこれ以上時間を引き延ばすことは出来ない。そう諦めかけた時、突然線路脇のフェンスを突き破り、一台のトラックが線路上に飛び込んできた。

トラックは瞳のすぐ後ろで電車の行く先を遮るようにして急停止する。

驚いて振り返ると、トラックの窓が開き中から勇作が顔を覗かせた。

「おい！　お前は早く最生たちのところへ行け！」

こんなの計画にはなかったはずだ。驚きのあまり立ち竦んでいると、

「晟生の様子がなんかおかしいんだ！」と勇作が叫んだ。

「おかしいって、どういうこと？」

「俺にもよくわからん！　けど、繋ぎっぱなしになった電話から昴と晟生が言い争ってる声が聞こえるんだよ！」

まさか、と思った。どうして今になって仲間割れなんか。これまで滞りなく進んでいたはずだ。

そして勇作は、瞳が予想だにしなかった、とんでもない言葉を言い放った。

「もしかしたら、晟生のやつ……、自分が飛ぼうとしているんじゃないか」

瞳は耳を疑った。

「晟生くん……が？」

信じられなかった。そんなことしたら晟生は――。

「いいから、お前は行け！　あいつのこと、好きだったんだろ⁉」

瞳が失恋を受け入れることが出来たのは、ただ時間が癒してくれただけではない。

晟生がいつも瞳のそばにいてくれたからだ。

彼が瞳に恋をしていると、伝えてくれたからだ。

とても口がうまいとは言えないが、彼はいつも行動で好意を示してくれていた。

今日だってこうして、メッセージを……。

はっとして、瞳はポケットの中に入れていた写真に書かれたメッセージをもう一度読み返した。

(僕はきっと、あなたのことを忘れません)

……そういうことだったんだ。

何も気づかなかった自分を、瞳は心底嫌悪した。

晟生はきっと、初めからそのつもりだったのだ。

瞳は奥歯を噛み締め、勇作を見上げて叫んだ。

「ここはお願いします!」

勇作の返事も待たず、瞳は線路上を走り出した。

本当は何もかも忘れたくなかった。晟生の不器用な告白も、手の温もりも、世界を巻き戻したような雪景色も。

でもそれが出来ないのなら、せめて晟生に伝えたかった。

この記憶が消えてしまう前に、晟生と過ごした時間の全てがなかったことになってしまう前に。最後にきちんと「私もあなたに恋をしていた」と、伝えたかった。

涙で視界が歪んでいく。線路の砂利に躓《つまず》き、転んでもすぐに立ち上がって晟生の背中を追いかけた。

無我夢中で走り続け、そして前方にタイムマシンと、そして二人の人影が見えてくる。しかし、そのどちらも晟生ではない。

と、その時だった。ふいに空が明るくなったような気がして、瞳は反射的に空を見上げた。

そこで見たものに、瞳は思わず目を見張った。

――見たこともない巨大な花火が、東京の遥か上空に咲いていたのだ。

＊

「辛くないですか？」

高架下の線路脇、人目を盗んでフェンスのネットをペンチで壊していた昴に晟生が尋ねた。晟生はそのそばで相変わらずＰＣのキーボードを叩いていたけれど、昴の内心を何もかも見透かしているようだった。

もし過去に戻って真夏を救うことが出来たとしても、もうこの手で彼女を抱きしめることも出来なければ、キスすることも、見つめ合うことさえも出来ない。それが辛くないと言えば嘘だ。

それでも真夏が生きている、ということが昴には希望だった。認識されなくてもいい、ただこっそり遠くから、もう一人の自分と生きる彼女を見守ることが許されるなら、それ以上高望みすることは出来ない。

「それでも、俺は真夏に生きていてほしい。ただそれだけです」

昴はその手を止めずに言った。自身の身を案じて生まれる不安は一つもなかった。それよりも今日まで皆にただパスタを作ることくらいしか力になれなかった歯がゆさばかりを感じていた。

「もし晟生くんがいなかったら、俺はこの未来で生きていられなかったかもしれないです。生きていたとしても、彼女の死を受け入れられず、ただ嘆くことしか出来ないしょうもない男のままでした。晟生くんがチャンスをくれたから俺は、もう一度諦めずに真夏を追いかけることが出来るんです」

ありがとうございました、と改めて頭を下げる。

ＰＣから昴へ視線を移し、晟生は静かに口を開いた。

「大切な人を無くした気持ちは、僕にもわかります。他の何物でも埋めることの出来ない穴は、きっとこの先も塞がることはないでしょう。だからその穴を塞ぐためではなく、少しでもその人を近くに感じたくて、僕は今日まで兄の夢を追いかけ続けたのかもしれないです」

夢とはそういうものなのかもしれない。昴が料理人を目指したのも元はと言えば母との距離を縮めたかったからだ。そして真夏がいなくなった後も料理をし続けたのは、真夏が美味しいと言ってくれたそれを作り続けることで、少しでも真夏をそばに感じていたかったからなのかもしれない。

白い息を吐きながら晟生が話すのを、昴は複雑な思いで聞いていた。こんな風に晟生と話すこともあと一時間でなくなる。彼の記憶からも今の昴は永遠に消えてしまう。これまで晟生たちの存在がどれだけ心強かったか。過去に行けばもう誰も頼ることは出来ない。この記憶を一人で抱え、これまでの生活も全て一変して何もかも一から、一人で生きていかなければならないのだ。

ようやく人一人くぐり抜けられるくらいにフェンスに穴を開け終えて、気づかれぬように二人は身を丸めて人目を避けた。

八時五五分。

無事シェルターを開けた、という連絡が真太郎から入る。勇作の方もドローンとタイムマシンの接続に成功、あとは飛ばすだけという段階に入っていた。内蔵カメラの映像を頼りに晟生が遠隔操作でドローンを起動し始める。

タイムマシンを設置するのは、高輪ゲートウェイ駅構内ではなく、田町と高輪ゲートウェイの間の線路上だ。

九時二分、瞳を乗せたと思われる電車が浜松町駅を出発。

九時四分、田町駅で電車が一時運転を見合わせる。

そのタイミングを見計らって二人は線路内に侵入を開始した。

九時五分、昴の目に上空を飛んでくるドローンが飛び込んできた。丸い球体のタイムマシンを抱え込み、風を巻き起こし近くの木々を揺らしながらドローンが線路上に降りてくる。まるで映画のワンシーンでも見ているようだった。

昴は辺りを見回す。まだ異変に気づかれている様子はない。だが、それも時間の問題だ。

無事線路上にタイムマシンが設置され、タイムマシンとドローンを切り離す。

事前に試乗していたとはいえ、さすがに一瞬狼狽した。これがワームホールをくぐって過去に飛ぶのだ。

晟生が二枚構造になったハッチを開けて一度中に入る。ボストンバッグから取り出した未来データ送受信器をセットするのを昴は固唾をのんで見守る。これを内蔵することによって昴が重力に押しつぶされることを防ぐのだ。

午後九時八分。流星群到達予定時間まであと四分。

タイムマシンに乗ったまま一向に外に出て来ない晟生を、さすがに疑問に思い始めたその時。準備をしていたはずの晟生が徐に中からハッチを閉めようとした。昴は慌ててハッチに手をかける。

「何で晟生くんが乗ったまま閉めるの⁉」

戸惑う昴に、晟生はハッチにかけた手を離さずに言った。

「僕が、行きます」

意味がわからなかった。そんな計画はない、寝耳に水だ。昴はハッチに必死にしがみ付いて声を荒らげた。

「な、どうして⁉　それじゃ真夏が……」

「真夏さんは必ず、僕が助けます。だから昴さんは真夏さんと一緒に、彼女のそばでこの未来を生きてください」

聞いてない、と繰り返しても晟生は一向にそこを退こうとはしなかった。

「だってそんなことしたら、晟生くんが一人になっちゃうんだよ！」

「……これは僕の夢です。僕が考えたタイムマシンです。安全が保証されていない限り、昴さんを巻き込むわけにはいきません」

その口ぶりは相変わらず淡々としていて、まるで初めから昴を乗せることなど頭の隅にも置いていないようだった。

「まさか、最初から……？」

その問いに、晟生は答えなかった。

「待ってよ……そんな！　俺は今までこの計画の中で何にも役に立てなかったんだ！　俺に出来るのはこの命を懸けることしかなかったのに！」

その時、突然背後から腕を掴まれた。後ろへ引っ張られた拍子にハッチにかけていた手が外れる。それを見計らったように晟生はハッチを閉めて内からロックをかけた。

「危ねえから離れてろ！」

昴の腕を掴んでいたのは、真太郎だった。

「だって！　俺が行くはずだったのに晟生くんが！」

「どうせあいつが行くんだろうと思ってたよ、俺は」

信じられなかった。

振り返った真太郎の眼差しは真っ直ぐにタイムマシンに注がれていた。いつもふざけてばかりだった彼とは別人のような顔つきだった。

「あれはあいつの夢だ。あいつに叶えさせてやってくれ。俺からも頼む」

摑まれた腕から、真太郎の意志の強さがそのまま伝わってくる。

「でも……っ」

「任せな、あいつは絶対、良《い》い仕事するから。あいつら兄弟はね、普通のやつらより6シグマ以上ずれちゃってるから。一度決めたら何言っても無駄なのよ」

そう言って真太郎は薄笑いを浮かべた。

——午後九時一二分《F時》、決行。

晟生を乗せたタイムマシンにエンジンがかかり、一旦後方にバックする。

その瞬間だった。

暗闇の空が急に明るくなり、見上げるとそこには目を疑うような光景が広がっていた。

高輪ゲートウェイ駅の遥か上空で、ある一点から、想像を絶する巨大な銀色の光の花が咲き広がっていたのだ。

昴は初め、月が砕けたのかと思った。まるで砕け散った月片が光の雨の如く、地球上に降り注いでいるように見えたのだ。光の孤を描いて大気圏に消えていく星屑たち。

今まで観たことのある流星群とは全く形状が異なっていた。これは果たして本当に流星群なのか。

もしあれが宇宙に浮かんだワームホールだとするなら、その四方八方から隕石が飛び出して花火状のように見えているのかもしれない。

夢の中の光景のようだった。

なぜか、昴は涙が溢れてきて止まらなかった。

「こりゃすげぇな」と真太郎も空を見上げていた。

はっとして視界を下げると、突如蜃気楼のようにゆらめく空間が線路上に現れる。

それは肉眼でもはっきりと見えた。それが徐々に球体の揺らぎに変化していく。

あれが――ワームホールだ。

あの先で、真夏が待っている。きっと、待っていてくれる。

「高輪〝ゲートウェイ〟なんて、とんでもねぇ名前つけたもんだよねぇ」

真太郎が関心深げに口にする隣で、昴は思わず息を飲む。

ふと振り返ると、なぜか瞳がこちらに向かって必死に走ってくるのが見えた。

「晟生くんっ！ 待って……！ 私、あなたに伝えたいことがまだあったの……！」

次の瞬間――晟生を乗せたタイムマシンのエンジンが唸りをあげ、一気に加速しワームホールへと突っ込んでいく。

昴はこみ上げる感情に嗚咽をもらしながら、タイムマシンを追いかけるように走り出し叫んでいた。

「真夏を!!　どうか、どうか……よろしくお願いします!!!」

タイムマシンがワームホールに吸い込まれていく直前、

「……また寂しくなるねぇ、兄ちゃんは」

背後で静かに呟いた真太郎の声が、脳裏に響いていた。

六章　君だけがいない未来

世界がどんな危機的状況に追い込まれたとしても、生きている限り腹は減る。だからこそ笠原孝夫《かさはらたかお》は、きっと世界が滅亡するその日まで、こうして自分の店でパスタを作り続けているのだと思う。

それがこの道で生きていくと決めた男の定めだと、孝夫は一人自負していた。どんなに気に入らない客にも、態度の悪い客にも、平等に旨《うま》い飯を提供する。そう決めてしまえば客商売はやりやすくなる。客は腹を空かせてここにやってくる。それが全てだ。

「おいっ、レジ打ちやっとけって言ったじゃん！」

孝夫が振るっていた鍋から顔を上げると、アルバイトの一人が、パスタ皿を運んでいたもう一人のスタッフを何やら心配そうに気遣って声をかけているところだった。

「病み上がりなんだから、あんまり無理するなよ、俺が代わりにそれ運ぶから」

「うるさいなぁ、大丈夫だってば！　昴は心配しすぎなの！」

「真夏が気遣わなすぎなんだよ！　ほら、貸して！」

強引に真夏の持っている皿を奪い取ると、代わりに昴が席へと運んでいく。

「店長ー、昴がうるさいんですけどー！」

泣き付くような口調でそう告げてきた真夏は、頬を膨らませているわりになんだか嬉しそうだった。

「だって真夏三月に退院したばっかりで、まだ一ヶ月しか経ってないんですよ？　なのにバイトに出るって聞かなくて」

客にパスタを提供し終えた昴が後ろから寄ってきて、真夏の頭を軽く叩きながら反論している。叩かれた頭を大げさに痛がりながらじゃれ合っている姿は、もはやただの惚気《のろけ》に過ぎない。

その時、入り口のドアが開いた。

「ほら、イチャついてないで接客して」

孝夫は二人に顎をしゃくって促す。

はあーいと間の抜けた声で、真夏が入店した客のもとに向かった。

「わっ！　瞳さんじゃないですかぁ！」

パッと花の咲いたような笑顔で真夏が出迎えたその客は、夏頃からよく顔を出すようになった客の一人だった。

昴と真夏は二〇一九年一二月、突如行方不明になった。二人が乗り合わせていた電車が忽然と消えるという珍事件が起きたのだ。しかし去年二〇二四年の夏、二人は揃って五年ぶりに帰ってきた。原因はわかっていないが、瞳というその客も同じ電車に乗り合わせた乗客なのだという。

「真夏ちゃんがバイト復帰したっていうから来ちゃった！　ほら、早く！」

瞳の後ろから、陰気臭い男が続いて入店してくる。

「あ、晟生くんも来てくれたんだ！」

晟生はどうも、と小さく後ろで頭を下げる。

「本当に大丈夫なの？　手術したのって心臓なんでしょ？」

真夏は去年、人工細胞を使った心臓の再生手術を行っていた。彼女が行方不明になった時にはすでに発症していた不治の難病が、現代医学で治すことが出来るようになっていたのだ。あの事故の結果起きた奇跡だと、テレビニュースでも報道されていた。

「うん！　でももう退院して一ヶ月は経ってるし、経過観察も良好ですっかり元気だよ！　まあどうぞ、どうぞ！　奥に牧さんご夫婦も来てるよ！」

まるで自分の家に案内するみたいな口ぶりで真夏が先導している。

奥の席では、ビールを飲みながら瞳や晟生に手を振る男とその妻が座っていた。夫の方も、その事故の時同じく乗り合わせていた乗客だ。

「よお、お前ら久しぶりだな」

「お久しぶりです！　あ、そういえば牧さんのとこのお孫さん生まれたって聞きましたよ！」

隣のテーブル席に座り、身を乗り出しながら瞳が言う。

「もうお父さんったら、いきなり溺愛しちゃって大変なのよ。まだまともに目も開いてないのにねぇ」

赤ん坊を可愛がって何が悪いんだ、とバツが悪そうにビールを一気に流し込む彼を、妻と瞳と真夏の女性陣がからかうように笑った。

「一卓と二卓、ナポリタン二つと、ペペロンチーノ二つです」

席からオーダーを取って帰ってきた真夏が厨房のスタッフに読み上げる。昴はホールから厨房に戻ると、さっそく鍋を火にかけた。

店の座席数は約五十。その大半がすでに埋まっている。ありがたいことに店は忙しく回っていた。

そこへ、また来客があった。

帽子を目深く被り、メガネとマスクで顔の大半を隠して男だろう。最近こんな風に顔を完全に隠した若者はそこら中に溢れている。背丈からして男だろう。それは構わないが、時折マスクをしたまま強引にパスタを食べようとする客までいてさすがに違和感を覚える。

その帽子の男は空いていたカウンター席に座ると、メニューも見ずにコーヒーとペペロンチーノを注文した。そして持っていた文庫本を開いて静かに読み始める。

「芸能人ですかね？」

コーヒーを作りながら、真夏が探偵気取りで孝夫に耳打ちする。さあね、と孝夫は肩を竦めた。

東京で店を構えていれば、いやでも芸能人くらい訪れるものだ。何も珍しいことではない。もちろん特別扱いもなければ、割引もない。ただ、平等に飯を食わせるだけのことだ。

真夏が帽子の男のもとにコーヒーを持っていく。

すると男は俯き気味にマスクだけ外し、テーブルに置いてあるスティックシュガーを手に取った。それを一本と半分入れ、ゆっくりとスプーンでかき回す。

その背後で、大いに盛り上がって話している瞳らの声が響いていた。

手が空くと真夏や昴もその席に足を運んで、時折立ち話を繰り返す。

しばらくして、カウンターでパスタを食べ終えた帽子の男はマスクを付け直して立ち上がる。

その時、たった今店にやってきたばかりのフードを被った男と肩がぶつかった。

「あ、ごめんね？」と男が言いながら肩を竦める。帽子の男は軽く頭を下げるだけで何も言わなかった。

「真太郎さんだ！」とレジで会計をしながら真夏がフードの男に声をかけた。

真太郎というこの男も、同じ電車に乗り合わせた乗客の一人だ。どうやら今日は真夏の復帰祝いなのだろう。

会計を終えると、帽子の男は振り返ることもなく店を出て行った。

「あの人、どっかで見たことあるような気がするんですよねぇ」と真夏が未だ的外れな推理を続けている。

「俺もなんか見たことあるような気が……」

その隣で昴も難しい顔をしていた。全く似た者カップルだ。

あ、と突然、真夏が何か思い出したように声をあげた。

「あの人、あの日、私を電車の中に突き飛ばしてきた人と似てたかも」

昴がそういえば確かに、と頷く。

そんな二人の会話を小耳に挟みながら、洗い物をしていた孝夫はふと窓の外に目をやる。ずっと先の方で、さっきの帽子の男が佇んでいるように見えた。

不思議に思ったが、メガネを外していたせいで視界がぼやけている。胸ポケットに突っ込んだままになっていたメガネをかけ直し、もう一度目を向けてみる。

しかし、そこにはもう誰も立ってはいなかった。

エピローグ

もう二度と、あの店には行かないと決めた僕は、田町から山手線に乗り込んだ。ドアにもたれ掛かって持っていた文庫の小説を開く。

小説を読みたいわけではない。ただ、この季節の西の空を見たくないのだ。

オリオン座を見ると、胸がざわつくようになったのは、僕が過去に戻ってすぐのことだった。

彼らを乗せた電車が未来に飛んだ約四時間後、ベテルギウスの超新星爆発の光は地球にも届いた。その光は凄まじく、誰もがその光に気づき明るい夜空を見上げていた。

それが数ヶ月も続いたのだ。

その星を見るたび僕は未来に行った彼らのことを思った。そしてやり場のない寂しさに打ちひしがれた。

五年の歳月のうちにベテルギウスは肉眼では観測出来ないほどに光を失っていった。

しかし右肩を失ってもなお、燦然《さんぜん》と輝くその他の星々によって、オリオン座はそこにあり続けた。オリオン座を形作る全ての星が寿命を迎えた時、初めて本当の意味で消滅するのだろう。もちろん、その頃僕はこの世界に生きてはいない。

——五年間ずっと、六人の帰りを待っていた。

六人があの電車に乗っていなくなった後、人目を避け、偽造の身分証で新たに家を借りて暮らしてきた。

未来の宝くじの当選番号を約五年分持っている僕には、金の心配など皆無だった。だから、焦らずのんびり過去に来た時に壊れてしまった未来データ送受信器の修理でもしながら五年後の彼らの帰りを待っているつもりだった。

もともと兄が死んでから、僕はずっと独りきりだったのだ。他に家族と呼べる相手も、仲間と呼べる相手も、恋人と呼べる相手もいなかった。

だから一人が寂しいなんていう感情は、兄が死んだのと同時に消えたとばかり思っていた。

けれど、そうではなかった。この五年間、僕はひたすら六人の帰りを誰よりも待ちわびていた。

もちろん、彼らに自分の存在がバレてはいけないこともわかっている。特に自分自身と出会ってしまったら最後、この宇宙の摂理によって僕の存在がその後どう処理されるのかもわからない。it from bit《情報が全てを作り出す》でこの世界が成り立っているのだとしたら、僕というデータを世界から抹消することなど簡単だろう。

それでも、一目彼らの姿を見たかった。

たった数ヶ月間しか時間を共有していないにも関わらず、ベテルギウス大作戦に関わった全員の存在は、干からびていた僕の心に潤いを与えてくれた。もう、それを知る前の僕には戻れそうもなかった。

いっそ彼らのように全ての記憶を消してしまえたら、そう考えた時もある。けれど、そんな弱さから何度も立ち直らせてくれたのは、記憶の中の瞳の存在だった。

彼女を太陽に育った小さな恋の芽は、枯れるどころか会えないほどに大きく膨らんでいった。それがこの五年の僕を支えてくれた全てだった。

——どうしても忘れたくなかった。

あの冷たくて、けれど柔らかな彼女の手の感触や、僕を見つめる黒目がちな瞳、風になびく長い髪も。

もう二度とこんな感情には出会えないと本気で思った。陽生がいなくなってから初めて、自分が生きているという実感が持てた。

僕が過去行きのタイムマシンのアクセルを迷いなく踏み込めたのは、もしかしたら瞳を忘れたくないという強い意志がそうさせたのかもしれない。

――そして今日、ようやく僕は帰ってきた六人に会うことが出来た。

存在がバレないよう帽子とメガネとマスクをし、ほとんど背を向けるようにしての再会ではあったけれど、ようやく叶った夢は想像以上にこみ上げるものがあった分、想像以上に痛く苦しかった。

わかっていた。わかっていたけれど、彼らはもう僕のいない世界を当たり前に生きていた。いや、僕という存在はそこにいた。けれどそれは僕ではなかった。

瞳の真向かいで、彼女に声をかけられても、大して嬉しそうな顔もせず淡々としている、もう一人の僕が憎らしくて仕方なかった。あそこに座っていられるのが僕だったなら、今すぐにでも彼女の手を握りしめたのに。そして待っていた間に生まれた感情を花に変え、彼女が抱えきれないほどの花束にして贈ったのに。

幸せとは、寂しさの裏側にあるものだということを僕は身をもって知った。

けれど、この未来を無事生きている真夏と、そのそばにいつも寄り添っている昴を見ていると、少なくとも自分の行為を正当化することは出来た。二人の幸せの下には確実に僕の起こした行動が影響していたからだ。

あの日、電車から一度は飛び出してきた真夏の背中を、後ろから思い切り突き飛ばして電車に乗り込ませた僕の、あの行動が。

けれど、もう二度と彼らと会うことはないだろう。彼らの記憶の中にはもう僕が求めているものは何も残っていないのだから。初めから期待などしていなかったはずなのに、待っている時間は僕に希望という幻覚を見せてしまった。そうしなければ辛くて耐えられなかった。それは生きるために、自分自身で生み出した幻覚だったのだろう。

ぼんやりと小説を眺めていただけなのに、気づけば山手線を二周していた。

目黒《めぐろ》駅で下車し、東急《とうきゅう》目黒線に乗り換えて不動前《ふどうまえ》駅に降り立つ。

目黒川沿いに立つ低層マンションの一室に身を寄せていたが、ここももう出ようと決めた。彼らの生きている世界とあまりにも近過ぎた。

もうこの街にしがみついている理由もない。

足元ばかり見て歩いてきた僕の目の前で、――ふいに何かが、弾けた。

それは次々に僕の前へ漂うように飛んできては、弾けて消える。ゴクリと息を飲み、恐る恐る顔を上げた。

僕の部屋の明かりが灯っていた。そしてそのベランダから、シャボン玉が次々と飛んでくるのが見える。

「……どうして」

僕は心臓が握りつぶされるような思いで、自分の部屋のある階へと慌てて駆け上がり、鍵の開いていたドアを開いた。

――そこに、フードを被った男の背中が見えた。

その手前のテーブルの上には二億円はあろうかという札束がまるで積読本のように積み重ねられている。

その場で動けなくなってしまった僕に、

「君でしょ、こんな金を俺の裏口座に入金してたの」

と言いながら、男がゆっくりとこちらを振り返る。

真太郎が、僕を見るなりニヤリと薄笑いを浮かべた。

「もう一人の晟生に聞いたら、知らないっていうからさ。何かおかしいなと思ってたんだよねぇ」

確かにその金は、僕が真太郎の裏口座に振り込んでおいたものだった。

真太郎が僕と陽生の夢を買ってくれたお返しに、僕も彼の大金持ちになるという夢を二億円で買ったのだ。

それに彼ならその金を有効活用してくれると信じていた。もちろん金を振り込むのに使った口座名義は架空のものだ。それなのに真太郎は、ついにここを突き止めてきた。

「……でも、どうして僕の存在を」

「さっき、店でぶつかったでしょ。俺が君のことわかんないとでも思った？」

「いや、でも僕はあそこにもう一人……」

信じられなかった。

すると真太郎は、ポケットの中からスマホを出して僕に見せつける。見覚えがあるスマホカバーだ、と思ったがそれは僕のものだった。慌ててポケットを弄る。しかしそこに入れておいたはずのスマホは無くなっていた。やられた、と思った。

店でぶつかった時にはもう、真太郎にスられていたのだ。

俺を騙すなんて百年早ぇよ、と言いながら真太郎がスマホを投げてきて、慌ててそれをキャッチする。

「なんで君が二人もいるのか俺にはわかんねぇけどさぁ、……神様が俺に大事なもう一人の弟のこと、見つけさせてくれたのかもしんないねぇ」

真太郎はそう言って晟生に笑いかけた。

神様なんて、これまで一度たりとも信じたことはない。

物心がつく前に両親を奪い、唯一の兄さえも奪い、そしてようやく叶った夢の先にあったものは、息をすることさえ困難な孤独だった。

少なくとも、神様は僕のことなど見ていない。もし見ているのなら、どうして僕に試練ばかりを与えるのか。そう無駄な怒りの感情を育てるだけだったから。

だから神頼みなんて、一度だってしたことはない。

……けれど、神様は本当にいたのだろうか。

こんな僕を孤独から救い上げようとしてくれる神様が。

その瞬間――、この数年ずっと我慢していた感情が一気に溢れ出した。

独りでいることがこんなにも怖いことだなんて知らなかった。

一度手にしてしまった幸せを失うことがこんなにも苦しいことだなんて知らなかった。

こんなにも胸を詰まらせる感情があることを僕は知らなかった。

悲しみや絶望に慣れることはないと、僕はここにきて初めて知った。

涙が次々に溢れ出してきて、僕はその場に崩れ落ちるように声をあげて呻《うめ》いた。

まるで生まれてきたばかりの赤ん坊のように、恥も外聞もなく感情の全てを吐き出すように。

呆れたのか、見かねたのか。真太郎がそばまでやってきて、僕の背中を優しく撫でた。

「親が死んだって、女に振られたって、記憶を塗り替えられたって、弟のこと見捨てる兄貴がどこにいんだよ」

涙と鼻水でぐしゃぐしゃになった顔を上げると、真太郎は片側の口角を引き上げニヤリと笑って言った。

「よお、兄弟。……元気か？」

あとがき

どういうわけか、昔からタイムトラベルを題材とした物語が好きでした。『バック・トゥ・ザ・フューチャー』『ある日どこかで』『時をかける少女』……過去に戻ってあの日をやり直せたら。未来に行って自分の将来を知れたら。不完全な人間だからこそ、そんな事をよく考えていたせいかもしれません。

実際、私は一七歳で小説家になって以来『過去で君が待っている。』『元カレ巡り』という二作のタイムトラベル小説を執筆しました。しかしそれらの作品はあくまでフィクションであり、現実ではあり得ない物語の中だけのお話。そんな時、出会ったのが松原隆彦《まつばらたかひこ》教授の著書『私たちは時空を超えられるか』という一冊の本でした。そこには、原理的に未来に行くことは可能だ、と衝撃的な内容が記載されていたのです。

その本をきっかけに、アインシュタインの「相対性理論」や、時間、宇宙の始まりについても興味を抱き、今までにない科学的にリアルなタイムトラベルの物語が書ければどんなに面白いだろう、と考えたのがこの小説を思いつくきっかけになりました。

そして作品によりリアリティを出すべく、気づけば、松原隆彦教授に直接アポを取り、翌週には教授のいる研究所まで会いに行っていました。

突然の訪問にも関わらず、松原教授は温かく迎えてくださり、科学的な観点から貴重なアドバイスをたくさんいただきました。ワームホールが実現した場合の形、音、人体への影響、タイムマシンの形状、ワームホールから隕石が飛び出した時のイメージなど。「平均から3シグマ以上ずれている」というジョークも、教授に提案していただいた数学者の専門用語です。時には雑談にもお付き合いいただきながら（笑）、無事に完成させることが出来ました。本作は間違いなく松原教授がいなければ完成出来なかったものです。この場を借りて、改めて心より感謝申し上げます。

その他にも様々な点でアドバイスをくださった先生や関係者の皆様、出版社の方々、それからこんなにも素敵なカバーイラストを描いてくださったsime様、そしてこの小説を読んでくださった読者様へ、心より感謝申し上げます。

今夜、夜空に輝くベテルギウスは、果たしてまだ存在している星なのか否か。宇宙をめぐるロマンを抱いて、今日も私はオリオン座を見上げています。

吉月《よしつき》　生《せい》

参考文献

『宇宙はどうして始まったのか』松原隆彦／著（光文社新書）
『私たちは時空を超えられるか　最新理論が導く宇宙の果て、未来と過去への旅』松原隆彦／著（サイエンス・アイ新書）
『タイムトラベル超科学読本』クリエイティブ・スイート／著、松田卓也／監修（ＰＨＰ研究所）
『宇宙は何でできているのか　素粒子物理学で解く宇宙の謎』村山斉／著（幻冬舎新書）

＜初出＞

本書は書き下ろしです。

この物語はフィクションです。実在の人物・団体等とは一切関係ありません。

メディアワークス文庫

今《こん》夜《や》F《エフ》時《じ》、二人《ふたり》の君《きみ》がいる駅《えき》へ。

吉《よし》月《つき》 生《せい》

2020年1月25日　初版発行
2024年11月25日　4版発行

発行者　山下直久
発行　株式会社**KADOKAWA**
〒102-8177　東京都千代田区富士見2-13-3
0570-002-301（ナビダイヤル）
装丁者　渡辺宏一（有限会社ニイナナニイゴオ）
印刷　株式会社KADOKAWA
製本　株式会社KADOKAWA

●お問い合わせ
https://www.kadokawa.co.jp/（「お問い合わせ」へお進みください）
※内容によっては、お答えできない場合があります。
※サポートは日本国内のみとさせていただきます。
※Japanese text only

※定価はカバーに表示してあります。

Printed in Japan
ISBN978-4-04-913084-3 C0193

メディアワークス文庫　https://mwbunko.com/

本書に対するご意見、ご感想をお寄せください。

あて先
〒102-8177　東京都千代田区富士見2-13-3
メディアワークス文庫編集部
「吉月 生先生」係

アオハル・ポイント

佐野徹夜

衝撃デビューから熱狂を集める著者の、待望の最新作！

人には「ポイント」がある。ルックス、学力、コミュ力。あらゆる要素から決まる価値、点数に、誰もが左右されて生きている。人の頭上に浮かぶ数字。そんなポイントが、俺にはなぜか見え続けていた。

例えば、クラスで浮いてる春日唯のポイントは42。かなり低い。空気が読めず、友達もいない。そんな春日のポイントを上げるために、俺は彼女と関わることになり――。

上昇していく春日のポイントと、何も変わらないはずだった俺。これはそんな俺たちの、人生の〈分岐点〉の物語だ。

「どこまでもリアル。登場人物三人をめぐるこの話は、同時に僕たちの物語でもある」イラストを手掛けたloundrawも推薦。憂鬱な世界の片隅、希望と絶望の〈分岐点〉で生きる、等身大の高校生たちを描いた感動の第３作。

メディアワークス文庫

15歳のテロリスト

松村涼哉

「物凄い小説」──佐野徹夜も
絶賛！　衝撃の慟哭ミステリー。

「すべて、吹き飛んでしまえ」

突然の犯行予告のあとに起きた新宿駅爆破事件。容疑者は渡辺篤人。たった15歳の少年の犯行は、世間を震撼させた。

少年犯罪を追う記者・安藤は、渡辺篤人を知っていた。かつて、少年犯罪被害者の会で出会った、孤独な少年。何が、彼を凶行に駆り立てたのか──？　進展しない捜査を傍目に、安藤は、行方を晦ませた少年の足取りを追う。

事件の裏に隠された驚愕の事実に安藤が辿り着いたとき、15歳のテロリストの最後の闘いが始まろうとしていた──。

メディアワークス文庫